【岳麓文辑】 张立云·主编

唤醒陶令赋新辞

王九日 著

示弱堪见强，处低方识高。

HUANXINGTAOLING
FUXINCI

团结出版社
UNITY PRESS

图书在版编目(CIP)数据

唤醒陶令赋新辞 / 王九日著. -- 北京：团结出版
社，2021.4
(岳麓文辑 / 张立云主编)
ISBN 978-7-5126-8676-2

Ⅰ.①唤… Ⅱ.①王… Ⅲ.①散文集-中国-当代
Ⅳ.①I267

中国版本图书馆 CIP 数据核字(2021)第 046037 号

出　　版：团结出版社
　　　　　（北京市东城区东皇城根南街 84 号　邮编：100006）
电　　话：(010)65228880　65244790
网　　址：http://www.tjpress.com
E-mail：65244790@163.com
经　　销：全国新华书店
印　　刷：长沙印通印刷有限公司
装　　订：长沙印通印刷有限公司

开　　本：142 毫米×210 毫米　　　1/32
印　　张：39
字　　数：841 千
版　　次：2021 年 4 月第 1 版
印　　次：2021 年 4 月第 1 次印刷

ISBN：978-7-5126-8676-2
定　　价：398.00元(共九册)

目录

唤醒陶令赋新辞

东晋彭泽县令陶渊明因一篇《桃花源记》而名垂千古。其文虽仅四百来字，却以尺幅之短描述了一片逃离现实的美好境界，迎合了人们反抗统治、反对压迫的叛逆心理，从而征服了读者赢得了未来。文章虽是虚构，但在作者创作的思维中或许有现实的影像呈现，也就是我们所说的原型地。这一原型地因为陶县长没说或者故作神秘笑而不答，这就苦了后人。历朝历代数十个桃花源原型地相继出现，如湖南常德桃花源、安化达坳村桃花源、新化奉家镇桃花源、重庆大酉洞桃花源、贵州铜仁桃花源，甚至还有云南、江苏、安徽、浙江等地的桃花源。

按照陶公文中所述"武陵人捕鱼为业"，以此为业的武陵人不会背井离乡去捕鱼，故桃花源当在武陵。西汉武陵郡辖今湘西北、鄂西南、渝东南及黔东北和东南等地。清代《湖南通志》云："武陵郡治义陵，今溆浦县地。"也就是说武陵郡的县治设在溆浦县境内，故桃花源应在此范围。"林尽水源，便得一山。山有小口，仿佛若有光，便舍船从口入。初极狭，才通人；复行数十步，豁然开朗。土地平旷，屋舍俨然，有良田、美池、桑竹之属；阡陌交通，鸡犬相闻。"短短几十字，道出了桃花源所处的地理位置、地貌特征以及生态环境。按此描述，各地争论之桃花源皆有牵强之嫌，或有桃花而无洞，或有洞而无人文景观，甚至有的人工痕迹太多。笔者不久前曾访湖南溆浦县中都乡石门洞，发现此洞与陶公笔下的桃花源有过之而无不及的相似。

这是一个春和景明之日，我和诗人若干、根雕艺术家周在勤、县民间艺术家协会会员罗锦清在长坪村主任贺显求的带领下一睹了石门洞神奇而靓丽的风采。

石门洞就在贺主任所在的长坪村。该村位于溆浦、隆回、新化三县交界的雪峰山中，一条河流似巨蟒自北向南逶迤而来，穿境而过后流入两丫坪河再汇入沅水。沿此河而上，可见河谷两岸巉岩料峭，杂棘丛生，古木参天，雀鸟欢歌；清澈透明的河水时急时缓，时静时动，就像一个调皮的小孩，或蹦跳撒欢，或停步戏耍。屏息闻其声，就如听一曲以大地为琴河水为弦，蓝天山水为背景，鸟鸣蛩唱为和声而奏出的巨型乐曲，激越时似风啸雷鸣，舒缓时如春风轻抚，令人荡气回肠，赏心悦目。景美境幽，空气清新的河谷常有渔者前来攀缘垂钓，或张网以捕。

村民们大多散居在河流上游的山中，房屋均为青瓦木房，依山而建。在离村部两里路远的村口，另有一小溪从石罅中流出，自东向西注入长坪河。溯小溪而上大概五十米，就到了石罅处，但见两座石山下开上合似一对交颈而立亲密耳语的情侣，石山下自然形成一个高约6米、宽约5米的三角形洞门，这儿就叫"石门洞"。从前这洞下只是一个深水潭，上架几根杉木供人通行，仅能容一轿侧身而过，后因山林植被被毁，岩石填堵水潭，旁边才踩出一条小路来。几年前在政府"村村通"政策支持下，村民填了深潭，凿宽两壁，修通了水泥公路，洞口也只能供一小车通行。当时有人投资在长坪河下游建修水电站，原设计水渠从石门洞下穿过，开山放炮凿槽势必要损毁石门洞原貌。为了保存上天赐予的这一鬼斧神工的景点，电站老板不惜血本抬高水位另建渡槽，让水渠从石门洞的顶部凌空架过。我听说后心里就涌起一股感动的暖流，为偏居雪峰山一隅的石门洞没受损伤而庆幸。那座凌空架设的渡槽，似乎就是一座记录民间企业家为保护自然景观无私奉献的无字丰碑。

我们盘桓于洞口边，反复进出观瞻，眼看手摸，叹为观止，无不为大自然的神奇而叫绝。天生石洞，无任何人工雕琢痕迹，真是少见！进得洞来，两山夹峙，光线骤暗。行数十步拐过弯，只见豁然开朗，别有洞天，一宽阔盆地展现眼前。这与陶公描绘的"初极狭，才通人；复行数十步，豁然开朗"的桃花源洞口何其相似！在古之武陵源今之雪峰山，真有这内外有别的人间仙境。

进得洞来，我们被眼前的景象迷住了，只见四周高山环抱，山上怪石嶙峋，或巍然高耸，或凌空倒悬；岩石之外青松翠柏，树木葱茏，青草葳蕤。山间的斜坡上竹影婆娑，鲜花怒放，蝶舞蜂喧，蝉鸣鸟唱，给这一片天地增添了无穷生气。山脚下有十来栋漂亮的木房掩映于花红花白的桃李树下，那木房均用桐油刷壁，青瓦盖顶，石灰粉脊。红壁青瓦白屋檐衬托于鲜艳的桃李花中，疑是钧天瑶台，蓬莱仙阁。那桃花梨花还有李花正是盛开之际，一蓬蓬一簇簇，红得鲜艳白得晃眼，加以树叶衬托，红白绿三色搭配，舒心养眼堪称绝美，观者恨不得将其移植自家庭前，朝晖夕阴观赏不倦。屋前屋后，但见金黄色的油菜花迎春开放，在艳阳下在青山绿水间吐芳争艳。屋下面的盆地里，阡陌纵横，池水潋滟，白鹅嬉水；溪畔桑柳争妍，水草丰茂，生机盎然，几头老黄牛和几只黑山羊悠闲地在路边啃着草。丽日当空，白云悠悠，溪流淙淙，芳草萋萋，鸡鸣狗吠，我们被眼前的美景陶醉了，张大嘴瞪圆了眼贪婪地欣赏着四周的美景，脚步竟忘了行走。

我正陶醉其中，听到若干诗人欣喜地叫了声"有野菜"，循声望去，只见路坎下的溪岸边，生长着一蔸蔸嫩绿的野生香菜。住在农村的人都认识这物，入口味道很香却从没人把它当蔬菜种植，也许是它太香吧，吃一两次还行，多吃就接受不了那种浓香味了。但住在县城的人特别爱吃，菜市场里的香菜卖得比猪肉还贵。若干诗人和罗老师攀着路基去采摘香菜，没多久就各自采了一大捧。"放到谁家去煮了吃。"我提议。贺主任说好啊，我们正好要找户人家弄中饭吃。贺主任五十多岁，中等个子，目光犀利，显出几分精明。他是骑着摩托出门时被我们在村口截住的，身上还背着挎包，可能是要去镇上办事，对我们的造访显然没有思想准备。正说着，只见一只大黑狗带了一帮狗崽子争先恐后狂奔到大路边的田埂上，朝我们狂吠不已；池塘里的白鹅受到感染，"江里——塘里——"地一通乱叫。随即有荷锄的农夫赶来斥退狗帮，然后亲热地和我们打招呼。农夫五十来岁，个高，皮肤黝黑，笑起来很憨厚。他问贺主任："他们来这干嘛？"贺主任说："他们都是县里的文人，来我们这里采风。""采蜂？这个季节的蜂采不得，采了造孽。"农夫误会了我们的来意，有些不友好地瞥了我们一眼。贺主任对他熊了句："老周你想哪去了，爹妈叫你读书，你就捉了蛤蟆阉猪，他们是来采风，就是来参观的，不是来采你们家的蜂！他们都是文人，你好好向他们学文化！"农夫不好意思嘿嘿嘿笑了，露出一口黄牙说："我是老土不会说话你们莫怪。"贺主任从若干手里拿来野菜，一把塞进农夫手里说："今天我们几个人的中饭就在你家里去应付了。"那位被称为老周的农夫有些受宠若惊，咧嘴笑问："真的？"贺主任说："我不管你是蒸的还是煮的，你去安排就是。"老周一挥手说："那好啊，去我家喝茶！"贺主任用他那犀利的目光扫了我们一眼，他是在征求我们的意见。我赶忙说："老周你回家搞中饭，我们再玩一会，等下来你家吃饭就是。"老周笑说："那你们一定要来啊！"老周离开时拿出手机打电话给老婆，要她快回来搞中饭，说是县里来了人！

　　我们徜徉于溪畔的小路上，呼吸着带有花香的空气，一边赏景一边议论着一些不着边际的话题，还不时地拿出手机拍照，摄取自然的美景和春光。贺主任介绍说："这洞里世居着一个村民小组，全组十来户60多人，村民以种植水稻、苞谷、红薯和伐薪烧炭、种植药材为生。近些年随着人民环保意识的增强已不再烧炭，年轻人都去外地打工，既挣了收入，又看了世界，还长了见识。"

不知不觉走到了盆地东头，这里是一片梯田，才耕耘过的田里蓄着水，泛着潾潾波光，一群鸭子和几只白鹅浮在田里将嘴喙伸进水中觅食；几只高脚鹭鸶在田埂上优雅地巡视，见了生人倏地腾起，扇动着白色的翅膀朝树林里飞去。贺主任见我们兴致尤酣继续前行，说前面路难走不去算了吧？我问前面还有什么景点吗？他说前面是一道峡谷，有几道瀑布，说着打开手机相册让我看瀑布相片。我粗略瞄了几眼，见到的是一幅幅美轮美奂的壮丽景象，就一把将手机塞回到他手里说，看看去！

从村子继续前行两里路远，就进入了这个"洞"的边缘。"洞壁"是一座几十米高的石壁，石壁悬空倒立，如凶神怪兽，抬头望不见崖顶。从崖顶流来的溪水沿石壁跌落，就如九天仙女抖落的飘带，在石壁边缘折了几折，便形成了壮观美丽的四叠瀑布。我们穿过山脚的密林，踩着濡湿的青苔，冒着随时掉落深渊的危险，猿猴一样随岩壁攀爬而上，好不容易才爬到了第二道瀑布的深水潭边。水潭圆形，有四张乒乓球桌拼起来那么宽，水深处深不可测，水浅处可见水底干干净净的卵石，有螃蟹静静地卧在石块上晒着太阳；水面波光迷离，银光乍现，水清洌，入喉甘甜，味极爽。贺主任告诉我，上面那道瀑布下面的深潭更大、更宽、水更深。我经不住诱惑，攀着暴露在岩石上的树根，使尽浑身解数，颤颤巍巍爬到潭边。一抬头，只见这个水潭幽深狭长宛如一个石洞。洞里冷风阵阵，阴森恐怖，令人不寒而栗。我赶紧缩回身子退了下来。"真是无限风光在险峰啊！"我心有余悸地拍拍身上的尘土，故作轻松地说。贺主任说:"只要舍得死,上面还有好风景看哩!"若干诗人笑说:"你就别钓老王的胃口啦,他爬上去万一出了问题我们都脱不了干系!"为了安全我只好放弃攀缘,意犹未尽地和同伴们原路返回。

　　来到老周家饭菜已经上桌,除了我们采摘的野菜外,还炒了腊肉、河鱼儿和一碗野味肉。老周的老婆是一位贤惠能干的农家妇女,她在围裙上擦了擦手,笑吟吟说:"家里没什么好招待,你们莫怪。"奔走了一上午,肚子里早就空空如也,见了这么多好吃的大家都没顾及斯文,端上碗就埋头苦干起来。老周的老婆问菜好吃吗,她似乎想知道自己的手艺在哪些地方还有待改善和提高。我们口里嚼着饭菜不便作答只一味地点头,简单地"嗯"了下。吃完了饭,大家打着饱嗝剔着牙缝时才有闲工夫对饭菜给以评点。有的说今天这腊肉好香,红中带黄,干松树疤子一样,吃了还想吃。有的说那河鱼儿味道清香纯正,在镇里场坪上买的都没这个味。还有的夸赞那野味肉真是人间美味,山中珍品。老周吧嗒着旱烟说:"你们命好,刚好还剩这么一腿,今天全炒了。"老周的旱烟呛得我们睁不开眼,此时我才想到他的那一口黄牙原来是这么练成的。我问:"野味肉是买的还是自家的?"老周笑说:"是自家的,都是自家的,那野兽活该栽我手里,去年腊月我在山里砍柴,看到它在下面的土里吃麦苗,我跳下去就给了它一柴刀,扛回来一称有80多斤重。"若干诗人竖起大拇指说:"你真厉害,要是我们见了就只能眼巴巴看着。"罗老师看着火炕上面挂着大大小小几十块腊肉就问:"你家过年杀的这头猪怕有300多斤吧?"老周说:"毛重340斤,320斤吃得的。"若干拿出手机想拍几张腊肉的照片,在手机上拨拉几下,惊喜地说:"你这里怎么有wifi?"若干觉得在这离县城百余里的大山深处能收到无线网络还真是怪事。老周说:"是在外面打工的儿子回家过年时弄的,包括电视机的有线网花了一千多块。"贺主任说:"我们村里好多人家都牵了网线,手机一打开全世界的信息都晓得,现在的年轻人天天玩手机，没网就像没魂一样。"贺主任还向我介绍说，这里住的大多是周姓人家，随着公路通到家门前，家家户户都买了摩托车，有的还买了小汽车，极大地方便了进洞出洞。山里的药材、花茶，家里喂的家畜家禽和池塘里养的鱼以及地里种的五谷杂粮都能很快变现，他们的日子过得红火哩！

离开老周家时，无意中我看到了他家楼上的蜂箱，有很多蜜蜂在屋前屋后和桃李花中飞来飞去。老周赶紧走过来用身子挡住我的视线，朝我们挥手，说些"欢迎下次再来"之类的客气话，好像真怕我们采了他家的蜂蜜。

回来的路上我寻思，石门洞福地洞天，有洞有桃花，有良田美池，桑竹杨柳，还有热情好客的庄稼人，这不就是众里寻他千百度的桃花源吗？这么一个与桃花源十分酷似的人间仙境，怎么一直未被外人知晓？后想到《桃花源记》中的一句话，心中才觉释然。原来真正的桃花源外人是难以寻到的，因为秦人村的父老有交代：不足与外人道也！人世间原本如此，往往最美好的东西会在最晚时候出现。

我确信看到的就是陶公笔下真正的桃花源，唯与书中桃花源不同的是，桃花源的庄稼人"为避秦时乱"而隐居，而石门洞的庄稼人却是在党的惠民政策帮助下过着幸福安康的生活。我依依不舍地望着这片美丽的景色，心想要是陶公再世游览此洞，一定会文兴大发妙笔生花，书写出更有韵味、更富时代感的《新桃花源记》。

心之憩园灵翠山

听说溆浦县城建了灵翠山公园,我深感欣喜与自豪。适逢夜宿城南旅舍,于清晨身临其境观之为快。

穿阡陌漫步堤岸,绕二桥一路寻踪。偶见一青衣尼姑自河边浣衣而归,觑其妙龄窈窕,优雅脱俗,顿生疑窦,何以青春芳龄遁入空门?

紧随其后步入公园南门,见一画栋飞檐、朱壁翘角的"马王殿"卧于山中。庙中大门对联云:房驷腾辉周凤驾,骅骝献瑞骥空群。揣其意,不知所云。庙下设有佛堂,有三五老尼正于堂中早课,木鱼阵阵,梵语啊呐,香烟袅袅。听堂前一位挥锄种菜的大妈说,东汉初年,伏波将军马援请王命征武陵"五溪蛮",屯三万官兵于此。岂料身染重疴,坐骑自山中衔来仙草,服之即愈,以为此地很有灵气。为感福地再生之恩,谢白马衔药相救,奏请朝廷建庙于此(史料载此庙建于宋代,与民间传说有出入)。马通人性,能辨善恶,救明主,故得先民敬奉。以为马龙相通,常以龙喻马。每遇良马,则名之为"龙驹""龙种"或"龙马"。《后汉书·马援传》记载,马援铸造铜马献给朝廷,上奏表章说:"夫行天莫如龙,行地莫如马。马者甲兵之本,国之大用。"可见其对马情有独钟,并得皇帝恩准在大病初愈之地建"马王庙"。有建庙缘故铺垫,顿悟庙门对联之意。

主事尼姑妙鑫忧虑地问:"庙院会拆否?" 我想此庙系原有人文佳景,渊源久长,拆掉岂不可惜?想当然答曰:"应该不会。"妙鑫方觉释然,见我捐了香资,赶紧从佛堂拿来一只苹果相赠。

总觉先前那浣衣女有故事,欲与其攀谈。见其晾了衣物后夹一毡卷上山,遂步其后尘而去,片刻不知所向。

灵翠山公园占地 800 余亩,投资逾亿。此处旧时曾为县城名胜古迹之地,溆浦古八景占有四景:"桂坊秋月""栎垅樵歌""鹰渚洄波"和"卢潭渔唱"。据《溆浦县志》载:"灵翠山,城西二里,昔构通真宫其上,掘地得石球如斗大。众异之,以为灵瑞。"说明灵翠山自古便是钟灵毓秀之地。踯躅其中,顿若倦鸟投林,神清气爽,惬意归心。眼前铺着沥青的步行道一波三折,蜿蜒穿越。两旁遍植名贵花卉,唇瓣凝露,芳香扑鼻。

沿步行道迤逦上行,徜徉郁郁葱葱的山林,留步"鹰渚回波"凉亭。眼前绿树红花,轻雾弥漫;耳畔清风拂面,雀鸟欢歌。被晨露滋润和花香熏陶的心情便如枯木复苏,青春勃发,生如夏花。

向东而行,一座宽阔的烈士纪念广场出现在眼前。从碑文介绍中得知,广场由风雨走廊、广场、纪念碑和文化墙四部分组成,占地面积 8333 平方米。纪念碑碑座高 2.861 米,寓意为革命事业牺牲的 2861 名溆浦烈士;碑身高 20.15 米,寓建成时间 2015 年。高高耸立的英雄纪念碑,彰显人民英雄功高盖世,生的伟大,死的光荣。英名墙上刻载了可歌可泣的《溆浦革命史》和郑国鸿、向警予、邓乾元、翟根甲等溆浦籍烈士的英名。他们为了民族独立、人民解放与国家富强而抛头颅,洒热血,英勇献身,值得后人永远纪念。徘徊广场触摸历史的沧桑,令我们心潮澎湃。我辈当继承先烈遗志,不忘初心,矢志不移,为中华民族的伟大复兴贡献力量。

纪念碑前的广场上音乐入耳,有红男绿女轻舒广袖翩翩起舞;

广场一侧，绿草如茵，有一群练瑜伽的少妇正翻飞柔姿折叠成优美的纸鸢，锦缎般的草地上便盛开起一朵朵美轮美奂的人体之花；有垂垂老者正神凝气定，亦刚亦柔悠闲地打着太极，朝霞如虹，映衬他们或静如古松，或跃似轻鸿的身影。

自广场右侧斜行，曲径通幽处，见一座人工湖如翡翠镶嵌山间，湖中碧波荡漾，锦鳞游泳，水光潋滟，有翩翩白鹭掠过水面，展现非凡的捕鱼绝技；湖畔岸芷汀兰，杨柳依依，有豆蔻阿娇乘兴自拍，搔首弄姿，孤芳自赏，似在寻找柳永词里"杨柳岸晓风残月"的韵感，或效颦唐寅画中仕女的清丽隽永。凌空横卧涧口的仿古风雨长廊，青瓦白檐，朱漆雕梁，古色古香。闲坐亭中，看早起健步行走的男男女女如过江之鲫，步履匆匆，谈笑风生；赏山中楠桂飘香，红枫猎猎，松涛阵阵；观微风过境，吹皱一池秋水，人与自然的和谐之美跃然眼前。

湖水沿山谷跌落，于闹市一隅竟有了淙淙溪流。或低旋盘桓，或激流勇进，或悬而成瀑，高山流水的千古绝唱穿越而来，伯牙的琴声扣动子期的心弦，情不自禁地一声惊呼，演绎了荡气回肠的士大夫与山野樵夫跨越等级结为知音的故事。溪谷两岸灌木葳蕤，芳草萋萋，山野情趣，漾于心胸。应心而设的草地、石凳和座椅，迎合游客心情，卸下光鲜的伪装，收敛不怒自威的锋芒，捡拾久违的童真，舒适地或蹦或跳，或坐或躺，任原始的本性和可爱的矫情，洒脱地在山谷中绽放。

沿人工湖堤拾步而上，过花径，穿松林，突见灵翠山顶建有观景亭。亭边的栎树林里有人正闭目打坐，仔细一看却是那妙龄尼姑。我不敢惊扰，只得歇于凉亭，纵情欣赏四周美景。极目所致，但见被雪峰山环抱的溆浦盆地像一个巨大的聚宝盆。霞光辉映下，南边的穿岩山、高明溪小南岳，东边的鹿鸣山、紫荆山，北边的雷峰山，西边的思蒙丹霞山，如镶嵌在盆地边上的颗颗珠宝。盆地里紫雾氤氲，珠光宝气。近看美丽的溆水河畔，堤岸整肃，三桥卧波；连通南北的浮桥过客匆匆，凌波踏浪，风光旖旎；新建的沿江风光带古树繁茂，疏影横窗，亭台楼阁隐身其中，旁边高楼林立，道路纵横，车水马龙。远观被二桥拱卫的"辞海广场"如嵌珠宝，熠熠生辉；长乐坊、桔花园、梁家坡等村庄绿树如茵，稻菽涌浪，橘柚飘香。透过历史的烟云，见"不受陶唐禅，遁迹乃来此"的帝师善卷隐身卢峰石洞，借着篝火的光亮刻石为字，联字成歌，感化蛮民；见峨冠高耸、虬髯如戟，"带长剑、佩宝璐，披明月"的屈原吟哦着《橘颂》朝我们姗姗而来。依稀可见八十年前中国工农红军第二、六军团在贺龙、任弼时等领导下，迂回曲折，穿插辗转于溆浦的山山水水之间，胜利完成牵制敌人，策应中央红军转移的战略任务；十年后，抗日战争的烽烟弥漫于溆浦，我中华儿女冒着枪林弹雨和入侵倭寇展开短兵相接的生死搏斗，用生命和热血书写了"最后一战"的壮丽诗篇。

近年来，溆浦县委、县政府致力于打造文明和谐的宜居生态环境，全县百万干群向幸福出发，推进"美丽乡村 幸福家园"建设。灵翠山公园的建成开园，翻开了一个山区县城迈向现代化都市的新篇章。县城临街建筑已全部靓化披上新装，梁家坡自然生态公园已列入建设规划。如果说，灵翠山公园是县城的"后花园"，那么梁家坡自然生态园将是县城的"庭前锦苑"，以后的溆浦县城将成为一座美景璀璨、光彩夺目的新都市。正如痴如醉浮想联翩，忽记起坐禅的尼姑。回看亭边，不知何时仙姑已悄然离去。我在心里安慰自己，红尘滚滚，世道兴替，草木枯荣，每个人都有故事，何必走进一人之内心？就让仙姑的故事留在这似景似画、如诗如歌的灵翠山吧！

下山时见散步健身和观花赏景的人陶然自乐，如痴如醉，心想，灵翠山真是陶冶性情、舒展身心、缓解压力、放飞梦想的好地方。灵翠山，好一座心灵的憩园。

疑是天庭落凡间

在外奔波几十年，游览过不少名山大川，做梦也没想到曾经偏远落后、毫不起眼的家乡溆浦，却因旅游业这匹"黑马"招来一波又一波的外地游客。湘潭的朋友一行9人要来溆浦自驾游，请我这个本地人当向导。我把消息告知雪峰山旅游公司老总陈黎明，陈总赶紧发了十多张美轮美奂的枫香瑶寨图片给我。我随即将图片传给湘潭的朋友，算是给他们赴溆旅游的热情再添一把火。

感谢近年发展的高速交通，极大地拉近了溆浦与长株潭的距离。从湘潭开车到溆浦，四小时即到；如果乘高铁更快，仅一小时车程。我带朋友们参观了中国共产党早期领导人之一、中国妇女运动领袖向警予的故居，游览了溆浦八景之一的"溆水曲澶"——思蒙湿地公园，于下午四点赶去枫香瑶寨。

匠心独运的艺术杰作

车到统溪河，遥见斜阳辉映的东面高山之巅，云雾缭绕之处有亭台楼阁忽隐忽现，我向朋友介绍说那儿就是枫香瑶寨。车内马上引起一阵惊呼：哇，好像神仙住的天庭哩！

据本地人说，枫香瑶寨所在之地称为"枫香坪"，原为统溪河林场所在地。后雪峰山旅游公司开发此地，因地制宜，打造了颇具雪峰山民族风情的枫香瑶寨，并修建了游泳池。

沿盘山公路蜿蜒而上，来到停车场停好座驾。抬眼望，见白色屋檐伸展的大门口有一群瑶族阿妹摆下拦门酒，一边给进门的客人敬酒一边唱着"练练啰——萨咪啰"的迎客瑶歌，歌声美妙悦耳，远飞云外。远道而来的客人似乎很享受这种迎客的礼遇，能喝的，以壮士断腕的果敢上前端过酒碗，仰脖就喝；不胜酒力的，让到一边拿出手机拍照留存。络绎而来的客人，大都会在大门口停留良久，吸人眼球的除了青春靓丽的花瑶妹、美妙动听的迎客歌以及沁人心脾的米酒外，还有大门上方的牌匾和两旁的对联，以及两边厢屋摆放的农具。大门上方"枫香瑶寨"的招牌为黑底金字，行楷书写，庄重洒脱；两旁的草书长联"入溆浦勿僵徊直上穿岩山中咏离骚，驾青虬兮泡澡径取枫香瑶池吟涉江"为名家吟联撰写，书法潇洒飘逸，俊朗清妍，意蕴丰富。鲜活的文字与丰富的内涵将人文地理与民族特色自然融合，既彰显大气贵重，又令人耳目一新。

瑶寨坐东朝西，两边厢房密密匝匝放置了有些年头的农具，大到油榨、风车、犁耙、蓑衣，小到斗斛、背篓、桐油灯。这些老物件皆为雪峰山区稻作文化的精粹，亦是几百上千年农业社会的缩影，它给城里人脑补了生活之源最原始而本真的认知，让出自农村的人见之，如面临祖宗牌位般肃然起敬。

进入大门来到门厅，右边放有直径四尺见方的"王桶"，里有瑶家秘制的酱色瑶茶，木壁上贴有文字介绍，该茶来源于海拔 800 米以上高山，乃山川之精华；制茶工艺历史悠久，在北魏郦道元的《水经注》里曾有记载，常喝此茶能清热除湿，消渴解乏，健康延年。这等好处焉有不喝？从那消毒柜里拿来白瓷茶缸，拿起小"录筒"舀满几筒倒进茶缸，一仰脖"咕噜咕噜"一饮而尽，痛快淋漓。也有不尽意者，将自带的旅行杯里的茶水倒尽,换上这百年难遇的凉茶,留待慢慢享用。遇到机缘巧合,公司的陈总上山,还会亲自为您"当垆司茶",让您感动得一塌糊涂。饮罢凉茶暗思,远道而来,早已焦渴难耐,进门一杯米酒,一杯凉茶,真是挠到了痒处,经营者善解人意,定非等闲所能为也。

自门厅而进,便是一个很大的四合院。右面一楼为小商店和"花瑶风情街";左边一楼和整个院落的二楼皆为客房;正面靠山部分高出地面约五米建有"瑶台银阙"两层木楼,一楼中间为迎客大厅和茶舍,二楼是贵宾住房。院子中间由大理石铺设的大坪为演艺场,是举办文艺活动和篝火晚会的地方。"瑶台银阙"木屋北头延伸部分的楼房为餐馆,有露天餐厅设于餐馆前,大餐厅设在四合院北边屋下。餐馆所用食材皆从附近农家定购,生态环保,放心食用,大不必顾虑食蟾果腹,饮鸩止渴。

四合院的木房皆选用雪峰山中优质木材打造,桐油刷漆,以卯榫固定,没用一颗铁钉;其形制合规,匠心独运,工艺精湛,既具力学原理,又富审美情趣。院落设计精巧,由浅入深,层层递嬗,或临崖悬空,绝地逢生;或伏地卧石,蓄势待发;或飞檐翘角,展翅欲翔。远看青山翠竹中,亭阁相连,黑瓦重檐,琉璃映晖,胜比阿房,仿若天庭。

别具一格的高山瑶池

在高山上建游泳池,真是异想天开。这个称为"瑶池"的游泳池建在枫香瑶寨东北边的一个山头上,离枫香瑶寨不过 200 米距离,二者遥相呼应,相映成趣。

瑶池占地亩余,呈不规则长方形,主体为上下一大一小两个泳池。半边角上饰以遮雨防晒廊亭,靠山一面有休憩长坪,有几位戴墨镜的安全员逡巡于过道间,随时注意着水池中的动态。泳池水源为无污染的高山泉水，跌落处清澈甘冽，捧之可饮。池中遍铺瓷砖，中饰花纹，水清见底，人入水中，毫发毕现。水深1至2米，中以红线隔开。人气旺盛时，池中男女老少，人头攒动，戏水玩闹，亦疯亦癫。在这里，你可施展拿手的水中功夫，一个"闷子"由此岸钻到彼岸；或者秀一秀三脚猫的技术，于深水区击水劈浪，恣意玩耍。

其时山下正是酷暑高温，溽热难当，此地却山风徐来，凉爽宜人。泳池半面临崖，匍匐水中或躺于椅上，仰观丽日当空，白云悠悠，鹰翔旷宇；远看青山如黛，梯田盘桓，高山瑶池烟袅然；俯瞰山下，危崖千尺，树木扶苏，流水淙淙。置身其中，一切琐事杂念皆忘，超凡脱俗，心若明镜，如梦似幻，优哉游哉，想那瑶池仙境莫过如此。真是此情只应天上有，人生能得几回逢？

快乐酣畅的篝火晚会

晚餐时，朋友们贪恋瑶妹那动听的敬酒歌，没想到一道"高山流水"（几个碗叠着倒酒），灌得几人晕头转向。四合院内篝火晚会的开场锣鼓已经响起，我扶着朋友跌跌撞撞赶过去。

场院四周和楼上都站满了游客，熊熊篝火映照着一张张陌生而兴奋的脸庞。瑶族阿妹用歌舞表达了对火、古树和黄瓜三大图腾的相依相伴与崇敬之情。火、古树给瑶民带来亲切、温暖、荫凉和希望，将二者奉为图腾尚可理解。至于黄瓜作为图腾，一般人无法理喻。相传瑶民祖先因躲避朝廷追剿躲进一片黄瓜地里幸免于难，子孙为感念上苍好生之灵，在黄瓜地里修建了黄瓜寺，并奉黄瓜为图腾，每年还要举办黄瓜节。晚会的节目除了民族特色鲜明的瑶族歌舞外，也有与观众互动的兔子舞、苹果舞、竹竿舞等，有些能歌善舞的游客还争先恐后上场过把瘾。仙乐飘飘，大家围着篝火载歌载舞，酣畅淋漓，直到意迷兴尽，夜深方息。

赛似天庭的消暑胜地

瑶寨住满了游客，生意异常火暴，我们还是提前三天订的贵宾房，一个单间498元，一般人认为有些辣手。朋友是生意老板，也许能接受，我特意征询了一下与他同来的客人的意见，想探探他们对住宿房价的心理承受能力。没想到那些经济能力一般的上班族都认为房价不高，因为住宿费里包含了两个早餐费、两张泳池票，算下来每人住宿费也就是150元，还可免费欣赏篝火晚会，真可谓物有所值。更为重要的是房间宽敞舒适，星级配置，安全卫生，室内茶几、灯光及其他物品应心而设，几乎是该有什么就有什么，一般宾馆没有的刷鞋设备、晾衣架、书籍、咖啡在这里都安排妥当，住在这里就如同置身天宫银台当了一回王子或公主，身份陡增，倍享尊荣。

翌日晨，旭日东升，朝晖绽放，山下云蒸霞蔚，紫气氤氲；山上楼阁凌空，画栋映日。清风阵阵，爽心惬意。我站在走廊上，被眼前的景观深深迷恋，暗忖雪峰山生态文化旅游公司精心打造的这座集民间艺术、民俗民风于一体的华屋杰构，既是人民休闲避暑、健康养生的康乐园，又是雅士聚首、精英荟萃和学生夏令营的好处所。正是这种文雅高古、尊贵气派、舒适宜人的风格与内敛的消费体验，才使得游人如织，趋之若鹜。

朋友身倚栏杆不经意地问："昨夜那花瑶妹妹敬的酒是哪来的？"我有些心虚地说："价格有点贵吧？"朋友说："不贵，酒好喝，口感好，味道醇，不知是自酿的还是买来的。"我也不知酒是哪来的，只好信口胡诌说："从天宫弄来的。"朋友吟哦道："问讯吴刚何所有，吴刚捧出桂花酒，原来是吴刚的酒，难怪好喝！"

情满石江爱满树

应在广西的湖南老乡之邀,我于元旦期间南下广西东兴市江平镇,为在此打造生态休闲园的老乡写点文字以备宣传。

东兴市地处我国大陆海岸线西南端,因位于北仑河东岸而得名,与越南北方商贸最繁荣的芒街市仅一河之隔,是我国唯一与越南海陆相连的一类口岸城市,也是广西著名的边贸旅游城市,年客流量多达 300 多万。这里属于亚热带季风气候,热量丰富,雨水充沛,冬少夏多。我们湖南正是天寒地冻,北风萧萧,可东兴这里却是人间三月天,温度保持在 16℃至 28℃之间,气候宜人,温暖如春,不少年轻人还穿着衬衣和凉鞋。

江平镇的那漏村在东兴市北边,离繁华的东兴市不过 20 多公里,村内就有高速路出口,下高速几分钟就到了。和老乡们来到该村的石江组时,已是金乌西坠,暮色四合,只见这里车水马龙,游人如织,似乎在举办什么活动。在熙熙攘攘的人群中见到生态休闲园的总经理程琳,她是湖南桃源人,48 岁,留着齐耳短发,英气毕现的脸上眨巴着一双顾盼生辉的大眼睛,说话谦和,精明能干。我说你和一个歌星同名同姓哩。她笑说,可惜我没有艺术细胞,与舞台无缘,只能在乡下的土地上折腾。我说农村是个大舞台,现在的政策大力扶植农业，你在这个舞台上一定能够绚丽夺目，舞出精彩。她一摊手说，没办法，镇里拉了黄牛当马骑，拉我来搞开发，其实我什么都不懂。一旁的老乡介绍说，程总在这里开了18年的泡沫厂，资产上千万，近年寻思转型，已经开发农业种养基地300多亩，栽种了魔芋、牛大力、黄金茶等中草药和经济作物，还养殖了淡水鱼、小香猪、野猪等。她是市人大代表，既有实力又有实干精神，你说，镇里不找她找谁？程总说她拉了一个朋友和她合伙，计划将这里办成集生态农业、休闲养生和旅游观光为一体的新农村旅游区。今年三月份入场石江，在地里撒了一把花种，五月份就漫山遍野开满了格桑花，引来了5万多名游客，由此看到了开发此地的前景和信心。她说今天是生态休闲园灯会开灯的日子，忙得晕头转向。说话时不断有人来请示事情，她心怀歉意地要我们先四处看看。

走在甬路上，老乡们说当地政府给予了大力支持，不仅修建和硬化了所有村道，还出资修建了漂亮的公用厕所，帮忙疏通了各种关系。我说现在的政府真是好，栽了梧桐树，引来凤凰飞，和谐的投资环境更有利于程总的发挥。

一路走过，见路边大棚里的西红柿和草莓正生长茂盛，泛着嫩绿的光泽。四周的荒地里，成片安装了各种人物故事灯、动漫灯、城堡灯等，有工人正在抢装电路和水管；广场上，有红男绿女正和着悦耳的音乐跳舞，歌声飞扬，舞姿翩翩。暮色苍茫中，远山如黛，桉树茂密；山下遍植具有热带雨林气候特征的经济林椰树、香蕉、荔枝、龙眼、木薯、木瓜等；地里还有未收完的甘蔗和红薯；一栋栋漂亮的村舍掩映于繁茂的树林中，享受着恬静而祥和的一方天地；一条发源于北部那佳山区的河流逶迤而来，绕村流过，然后经江平镇注入北海。河流有十来米宽，河水幽兰清澈，洒脱飘逸，舒缓流淌，时见湍流浪花，喧声低沉。河两岸皆为蓄养数十年的榕树林或竹林，间以高可凌云的椰树和棕榈。榕树粗大茂盛，竹林密密匝匝，荫翳了河面以及泊在岸边的竹筏,让河水更幽蓝,景色更壮观。随风飘曳的岸树,静静流淌的河流,像串起的一道五线谱,奏鸣出大自然的天籁之音。流连于此,心景相融,如临仙境。

　　离岸不远处,有一片古风古韵的荔枝林,横枝交柯,童童如车盖。荔枝树均有两人合抱粗细,当中一棵最为特别,接地两米高处树干内空外实,只剩向北的三面皮壳,形成一个自然的树洞,像被掏空了内脏的动物,其中可容两人盘膝而坐,说明此树历近几百年栉风沐雨,已是饱经沧桑。空空荡荡的树洞上面,一左一右分出粗壮的两支树干,枝繁叶茂,参差披拂,形似祥云。细看左右两支的树叶竟有不同,左边一支树叶青绿茂盛,右边那支的树叶却有些枯黄。听当地人言,这是一棵雌雄同株的连理树,左边那支为公,不结果实;右边这支是母,每年硕果累累,而且结出的荔枝芳香扑鼻,味道鲜美。当地一位壮族老农捋着山羊胡子颇有深意地告诉我们,此树大有来历。相传 300 年前,石江上游一位捕鱼的青年那龙划着竹排顺江而下,被江边一位洗衣的美貌少女所迷,便以山歌相问:"荔枝开花白又白,花落荔枝冒出来。河边冒出娇娇女,疑似仙女落凡间。开口问妹哪家女,害得我竹排打转转。"少女粉脸含羞,觑见竹排上站立一翩翩少年,风姿绰约,歌声甜美,遂以歌作答:"河中浮萍随浪飘,风吹雨打弱命草。借得春水发新芽,哪敢攀枝去登高。多情阿哥枉费心,借景生情莫当真。"二人一唱一和,眉目传情,互生情愫。月上柳梢头,人约黄昏后。晚上,两人或乘筏而嬉,或树下相拥,卿卿我我,甜言蜜语,难舍难分。少女告诉那龙自己叫阿颖,本是南边后黎朝的公主,只因国内爆发战乱,猖狂的叛军占领了都城,父王带领全家逃往中国避难来到这里,投靠在远亲门下。那龙对阿颖的身世深表同情,表示不管时态如何变化,他都会深深爱着她。二人从附近拔来两棵荔枝树栽在一起,说这两棵树苗象征着他们的爱情,不管刮风下雨还是飞雪凝霜,他们都会相濡以沫,互相守护，永远相依在一起。几天后，那龙再次来到这里，口吹竹叶释放信号，却没见阿颖出来。进村一打听，原来是阿颖的父王从衙门借了兵，回国反攻叛军，收复了北边河山，阿颖与家人已经回国。那龙闻说后，辞了父母，只身跨过北仑河，投身支援军，帮助后黎朝收复河山。叛军在法军的支援下，发动猛烈攻击，那龙在一次战役中受伤昏迷，不省人事。待他醒来后，方知后黎朝已被彻底摧毁，王室人员皆被诛戮，他和一些伤员被支援军用马车载运回国。那龙伤愈后，每天晚上来到他和阿颖亲手栽植的荔枝树旁，回忆他们在一起的幸福时光，或情不自禁哑然失笑，或伤心落泪黯然神伤，或茫然四顾癫癫狂狂。斗转星移，寒来暑往，不知不觉他们栽下的树苗已有人头高了，晚上那龙又来到这里时，月光下见一女人抱着树哭泣，吓得那龙汗毛倒竖，以为是鬼。待静下心来仔细一看，那人不是别人，却是阿颖。二人相拥而泣，互诉离情。原来后黎朝被灭后，所有男人被杀，女人被奖励给有功之臣作为家眷。阿颖公主被逼作新建阮朝国王之妃。她曾多次试图逃出宫中都被抓回，关押后宫，严加看管。直到国王旧伤复发，不治身亡，新国王就位，她才被解禁恢复自由。

那龙和阿颖从此在一起过上了男耕女织的田园生活，二人你尊我爱，举案齐眉，幸福满满，过着平静安逸的日子。几十年后，这种平静随着一队人马的到来而打破。那龙以为是皇家抓人来了，拉了阿颖就往山里跑，没料到为首的那位锦衣华服者竟然跪在阿颖面前叫"娘"，原来是阿颖的儿子承接了王位，经四处暗访，方知母亲藏身于此，这次是专门来接母亲回国享福的。阿颖拉着儿子来到那两棵荔枝树下，和他说起了这两棵树以及她和那龙缠绵悱恻的爱情故事，然后拉着儿子来到那龙面前说，这位才是你的亲爹。儿子和那龙均一脸茫然望着阿颖，阿颖道出了实情，当时她是先有身孕后为王妃的，原来现在的阮朝国王竟是她和那龙的血脉。

那两棵荔枝树得雨水充足之便，长得飞快，不经意间竟有水桶般粗细。而且两棵树越长越近，相互依偎，树干竟连在了一起，成为难得一见的雌雄同株鸳鸯树。在天愿为比翼鸟，在地愿做连理枝，真心相爱的一对苦命人苦尽甘来，耳鬓厮磨，相爱相守，情意绵绵，真应了那句"有情人终成眷属"的佳话。儿子知道父母不愿跟他去阮朝国同享荣华富贵，便留下丰厚资财回了国。后阮朝国将中国作为永远的宗亲国年年进奉，国王也每年来看望父母。其父母故去后，他每年还来看望这棵荔枝树，犹如父母再现。后来年轻人相爱，都来此树下许愿，祈祷婚姻幸福，天长地久，白头偕老。

听完荔枝树的故事，天色已暗，其时眼前突然一亮，各处彩灯均已照亮，只见玲珑剔透，流光溢彩，美轮美奂。人民欢呼着：开灯了！开灯了！好漂亮啊！在成群结队的观灯队伍中，有不少成双成对的年轻人手牵手，肩并肩，他们就像那棵古荔树，演绎着人间生生不息、美丽动人的爱情故事。情深意浓的石江，爱意弥漫的树鸳鸯，以及一对对如胶似漆、情深意长的恋人，互为映衬，相得益彰，组成了一道绝妙的风景。哦，原来这里就是爱的伊甸园，是年轻男女朝拜爱神的圣地，也是亚当和夏娃放飞爱情鸟的好地方。

但愿人长久，千里共婵娟。

一帘烟雨锁思蒙

    溆浦思蒙国家湿地公园是"新潇湘八景"之一,之前我没去过,只是从网络上和文友们的美文中得到一些了解。我寻思,游览思蒙得找个熟悉的人当向导。我想起了退休在家的溆浦县民间文艺家协会秘书罗从芳,他没上班,有时间陪我们去。罗秘书有些犹疑地说,已经去了四五次了,可惜没出文章。我激发说,这回去了就会文思泉涌的。他笑了,说下雨哩,天气又冷。我说烟雨思蒙就要这样的天气去看才有味道。他有些无奈地说,好吧,我陪你们走一趟。

    从县城坐的士20分钟就到了思蒙。首先映入眼帘的是护邑塔。此塔始建于元末明初,坐落在思蒙镇丫髻山上,原为溆浦古八景之一即"溆水屈僵"。1971年县内建国防工厂,因塔太高目标明显,为了确保工厂安全,护邑塔被炸毁。随着思蒙风光远近闻名,复修护邑塔提上议事日程。在当地政府和社会贤达的努力下历近两年建设,一座7层39米高的钢筋混凝土仿木结构护邑塔于2013年年底建成,为风景区添上了点睛之笔。

    来到游客接待中心的码头租了小船,迫不及待地登船游览。细雨迷蒙,北风萧萧,宽阔的思蒙湖云笼雾锁,碧波粼粼,水鸟翔集。湖畔颇具民族风情的小镇如蜂房水涡,杨柳依依,风光旖旎。随着小船慢慢游行，两岸美景像一幅美不胜收的丹青画徐徐展开。独特的丹霞地貌，赋予了思蒙天生丽质的山水景观，一座座鬼斧神工的石山临江而立，或如龙盘虎踞，或似鹰翔猿腾，或为海狮凶豹。其中的破岩山似雷劈斧砍，一道裂缝贯穿上下，巧夺天工，叹为观止；五佛山如五位活佛坐禅，心怀菩提，安之若素；石崖上的悬棺，露出阴森可怖的洞穴和崭露头角的朽木，给人留下不解之谜，并引人深思和无限遐想；危崖下的草庐，与山水相守，观风起云涌，听涛声依旧。看着眼前飞绿叠翠、湖波荡漾的锦绣长卷，爱人老刘脱口而出，这不就是"漓江"吗？我说你的眼光不错，在文人笔下曾将这里称作"小桂林"，你竟然与他们不谋而合。

弃船登岸，上山约里许，见一个 5 米左右高、近 20 米宽、纵深10 余米的天然石洞穿越石山，形成一镂空的洞穴，当地人称此洞为"桃源洞"。透过石洞，可见石山那边群山起伏，溪水淙淙，梯田重叠。山有巨石石有洞，洞内洞外两重天，一边是烟雨锁江，梦里水乡；一边是锦绣青山，画中农庄。这是大自然优美的呈现，是上天给人类的最好馈赠，真乃天工造物，美妙绝伦，世所罕见。

复登舟，继续欣赏沿岸风光。开船的陈师傅告诉我们，思蒙公园搭帮 1999 年修建的银珍电站，才有了这长达十里的深水湖。陈师傅是本地人，对思蒙山水可说是了如指掌，连不同区域思蒙湖的水深多少都了然于胸。他告诉我们来此游玩的客人很多，到了假日里就忙不赢，还有不少外国人。行不多远，见一回水湾处呈现一片宽阔的岸滩，滩上杨柳垂岸，绿树婆娑，村舍俨然，橘柚飘香；岸边码头有面如桃花的村妇正一边捣衣，一边和船上卸网的渔夫调情说笑。幽兰的湖水眨巴着讥诮的眼睛，似乎在诮笑多情落叶无情客，空留残花恨绵绵。景美境幽，迷人至深，禁不住要登岸观赏。但见橘林繁茂，红橘如宫灯挂满枝头。有橘农肩挑装满橘子的箩箕归家，热情赐橘以尝，并要我们"多拿一些"。正欲问其地名，赫然见一路碑，上刻"三闾滩"。眼前蓦然出现千年前一位老夫子和我们一样，舍船登岸，尝橘赏景，闻歌止步，触景生情，夜宿农家写下千古名篇《橘颂》。"后皇嘉树，橘徕服兮。受命不迁，生南国兮。深固难徙，更壹志兮……"老夫子成了南国红橘的最好代言人，他的《橘颂》被后人广为吟咏传唱；他留下足迹的岸滩也被命名为"三闾滩"；他曾游览过的沅水流域如今满山遍岭都是"绿叶素荣，纷其可喜"的南橘。

穿橘林绕过村舍，沿山崖拾步而上，登上观景台，眼前淑水潺潺，山环水绕，十里镜湖，尽收眼底。"入溆浦余儃佪兮，迷不知吾所如。深林杳以冥冥兮，猿狖之所居。山峻高以蔽日兮，下幽晦以多雨……"巍巍雪峰山，悠悠淑水河，山川壮丽，人文蔚起，让官场失意的三闾大夫屈原因祸得福，成就了他伟大的爱国主义诗人的美名。

"两岸丹霞拥翠垄，一帘烟雨锁思蒙，《离骚》诗情焕人文，龙船糯棕江水逢。"归来途中，罗秘书凝眸渐行渐远的思蒙山水轻轻吟哦。我笑说："是吧，文思泉涌啊！"

品茶穿岩山

　　携着山中野性的溆水二都河到了统溪河这里，被穿岩山的伟岸挺拔镇住，一改放纵的脾性，变得舒缓秀丽，于是有了诗意的新名——诗溪江。沿岸民房掩映于垂柳、绿竹和古树中，让人想起贺绿汀写的一首经典老歌："门前一道河流，夹岸两行垂柳，风景年年依旧，只有那流水哟一去不回头。"斜晖里晃晃悠悠的铁索桥，把游客的思绪抖落成水中迷离的波光。越过千年时空，少年红军学校迤逦的人马走下山垭跨过吊桥，灰色的军装和闪闪的红星装点了诗意的河流，他们稚气而英武的身姿烙在山间，印在水中；遍插红旗的红军桥上，跫音仍回响在潺湲的河谷里，在他们的初心里，用流血牺牲换得的未来或许就是今天的模样？

　　走过吊桥，漫漫青山点染着片片红枫，间以飘零的金叶，一如花瑶阿妹精心挑绣的五彩锦缎，只是更为灵动，更为生机盎然。此中有野果飘香，有蝉鸣蛩唱，有金凤掠过树梢的绚丽，更有"晴空一鹤排云上，便引诗情到碧霄"的壮美。在雁鹅栖息的山梁，依山而建的木屋亲密依偎，伸展云空的白边檐、翘屋角是山村的脊骨，展露着昂扬的力量和脱俗的古朴美；粗犷的油槌声是大山豪迈的宣言，是精壮汉子豪情的宣泄，一锤紧似一锤，震得阿娘、满姑心神不宁;油榨里汩汩流出的茶油,弥漫着雪峰山的乳香。山中的日子,在木屋间的甬路上重叠,在镂刻着九州八卦花纹的碾槽里和咿呀转动的水车下磨洗出岁月的光华;屋檐下吧嗒着长烟杆的老汉,悠闲地将深虑的思绪随烟飘向屋前的青山,或寄于翩翩翱翔的雁鹅,带去远方,捎给在外打拼的年轻晚辈。

在雁鹅界对面的枫香坪,仿古瑶寨吸引远近客人如百鸟朝凤。高山流水的米酒,在悦耳的瑶歌声中温暖游客的心房,山欢水也乐,人醉心亦醉。三五好友入住"银台玉阙",或饮酒高歌,或品茶叙旧,或沐浴瑶池感受高山游泳别样的情趣,或围着篝火载歌载舞回味孩提时光的无邪与快乐。难得做一回放浪形骸的山中逸客,释放心中久郁的压抑和沉闷,让心回归原始而清纯的自然,让性情植入雪峰大山的厚重内敛与磅礴大气,让精神在天高地迥和物我两忘中升华。

置身穿岩山的断崖下,似乎听到了亢奋弦断的激扬绝唱。传说屈原流放溆浦时沿江而行,被这岩崖上嶙峋的人像怪石拨动心弦,灵光一现,一首动人的《山鬼》由此诞生。山鬼是楚桓王的化身,忧郁不得志的屈大夫借诗词表露心迹,忧国忧民之情可鉴,据说,诗溪江的名字由此而得。绕过悬崖去后山的情侣谷走走,那儿潺潺的溪流在一个小盆地里打转,金桂掩映下的小木屋里,也许就生活着一对恩爱的小情侣吧?他们呼吸着带有花香的空气,吃的是山中的瓜果与野味,赏看"春色满园关不住,一枝红杏出墙来"的意蕴,体会"柴门闻犬吠,风雪夜归人"的静谧,此等幽雅环境,从唐诗宋词中走来,挑起过客的想象与嫉妒。

在去山巅福寿阁的路上,不时见到有像野兽的怪石横卧路中,或有鲜活的栎树争抢风头地迎面而立,彰显人类对大自然的敬重和包容。福寿阁游客中心清一色的都是木屋,除了错落有致的宾馆,位置稍高的三层八角福寿阁最为抢眼。此阁为人文氤氲之所，阁名由著名作家王跃文书写，让人联想到"落霞与孤鹜齐飞"的滕王阁。阁中大门、厅柱的楹联为全国征联所得，出自楹联名家，仔细品味，美好感受尽含其中。一楼大厅为楹联根艺展厅，触摸盘根错节形状各异的百年古根，似穿越时空与先朝的生灵做暖心的对话，问山中的风花雪月可曾留住南飞的候鸟和旧时的堂前燕？猜想二、三楼的用途，带着好奇心爬上楼去，见二楼的展柜里有 60 多种各地名茶可供品尝；桌上置有笔墨纸砚，喝了茶还可写写书法，感觉文人那点心思都被人猜透，但不少人在是否露一手的节点上颇费思量，担心几滴墨水就出卖了自己的矜持与素养，于是真能留下墨宝者竟然寥寥。三楼是藏经阁，藏有名家书籍上千册，既可看书，又可品茶谈诗论文。阁中主事的是县作协秘书长安然女士，一位美女作家，又是雪峰山文化研究会会员，曾拜县内考古与文史专家禹经安为师，对雪峰山文化、屈原文化和地方巫傩文化都有一定的研究和造诣，出有散文集《穿行风韵》，其作品中多含历史的厚重。与其侃侃交流，感觉她的艺术修为已有了人生之秋的成熟。她说就在几天前，全国著名作家和编辑韩少功、何立伟、蔡测海、赵本夫、海男、易清华等组团来穿岩山采风，也在藏经阁饮茶交流。我听说后心中竟有了种荣耀感。安然学过茶艺，从她娴熟的手法中可见一斑。细品香茗，感觉香气沉稳，滋味纯正，我问是铁观音？她盯着我说，再品。我又细啜一口问，普洱？她莞尔一笑说，其实就是我们雪峰山旅游公司自产的普通绿茶，经我泡制后就提高了茶的品质。我赞说，不简单，连泡茶也有思想，土生土长的本地绿茶，被你泡出了名茶的味道。

下山时我一直在想，开创雪峰山旅游的先行者，仅用几年时间，即打造了包括了穿岩山景区、山背梯田、阳雀破和雁鹅界古村落等在内的雪峰山 5A 生态旅游区，他们不也是一位高明的茶客吗？

风情小镇两丫坪

　　两丫坪镇位于雪峰山西麓、溆浦县城东 32 公里处,人口近 1.6 万人,是汉、苗、瑶、土家族杂居之地。中都河与沿溪河汇聚于此,形成一"丫"字,故名两丫坪。也有民间传说云,在两丫坪上街河边有一洞,连通九溪江乡的猫儿坪,两丫坪有只猫钻过洞去,洞那边就叫猫儿坪;猫儿坪有两只鸭游过洞来,洞这边又叫"两鸭坪"。

得天独厚生奇山

　　两丫坪得天地之灵气,秉雪峰山之俊美,造就了奇山秀水之美景。位于其西大门的岩鹰屙蛋风景区以其险峻、奇特、娟秀令游客叹为观止。"岩鹰屙蛋险奇秀",成了两丫坪八景之首景。

　　在岩鹰屙蛋山后有一个叫"天子堂"的村落,这里产的杨梅个大味甜扬名于世,特别是这里的白杨梅,白中带黄,汁甜味美,堪称一绝。

　　民国时期,岩鹰屙蛋崖陡路险,这里曾是当地乡政府处决强盗土匪的地方。那时按规定抓了这类犯人是要送县处置的,但夜长梦多,犯人常被同伙斡旋,买通官府逃罪。乡里官员就阳奉阴违,将一干犯人绑了,明着说是送县,实则到了岩鹰屙蛋私自将其处决。他们处决犯人的手段很特别,到了这地方后,押送人员使以眼色,将犯人自后至前挨个推下悬崖。有的被摔死,有的被潭水淹死,有的挂在刺蓬窠没死,就补几枪打死,这种处决方法叫"摧(推)人"。处决完犯人后,押送人员回家复命,乡里上一道公文,称犯人在押解途中逃跑被击毙。

位于岩鹰屙蛋上游咫尺之遥的"岩观音",居悬崖峭壁之上。观音头像形态逼真,神态慈善安详,俯视对岸象山、狮山和崖下的猴子石以及来往过客,佑护着一方芸芸众生,此景为两丫坪八景之二,叫"镇山护水岩观音"。在"岩观音"下面,从前建有观音庙,民国时期守庙的是上街一个姓曾的残疾人,新中国成立后政府给他分了房,他才离开此庙。后来反四旧,庙宇被毁。直到20世纪末,信人们重修观音庙,直至今日。

20世纪80年代,在岩鹰屙蛋处修建了岩鹰水库,水库如一块碧玉,镶嵌于青山之间,更使风景区锦上添花,美不胜收。

连接南北风雨桥

两丫坪镇是雪峰山中有名的风情小镇,四周高山环绕,怪石嶙峋,草木扶疏;沿河两岸,青石街道迤逦,两边店铺相连,靠河一边吊脚楼悬空,杨柳依依,渔舟泊岸。

两丫坪河来源于雪峰山,河水清澈明丽。河中盛产鱼虾和螃蟹,常有渔人驾扁舟张网以捕,集镇的伙铺里就有了一道四季时新的特色美味——新鲜鱼嫩子。夏日晚上,大如手掌的螃蟹都从石缝里钻出来乘凉,手电光照着它们竟懒得动,这就便宜了一些好吃客,晚上去河里转悠一两小时,就能收获一大桶。把螃蟹去壳洗净,粘了糯米粉丢到锅里油炸,即是下酒的好菜。

在两丫坪集镇附近的河流上有三座桥梁。从前,连接南北两岸的是一座风雨桥,该桥为两丫坪八景之三,称"横跨南北风雨桥"。桥下为石墩,上面桥身是杉木结构,高两丈,上盖青瓦;桥宽五米左右,边上有一米高的栏杆。桥赶场时即为摊板,供生意人使用。每到集日,桥上人山人海,万头攒动。桥北头是医院、政府部门以及公立单位;桥南头走下石阶,便是上街和下街场坪。街道全是青石板铺就,街两边是做生意的铺面。街道上空全为两边放有两排案板,平时供人闲坐乘凉,横梁支架,上覆青瓦,保证了赶场人天晴在荫处,下雨在干处,脚不沾泥,身不带水,即索利又舒爽。每逢三八赶场日,来自三湾十八坳的红男绿女肩挑手提带着山货待价而沽;身穿艳丽服饰的瑶族大姐守在摊位前兜售从山里采来的风药。吊脚楼上,常有远客或围桌而坐,划拳行令,声飘河岸;或独品香茗佳酿,欣赏窗外莺鸣鹭飞,杨柳摆风。相传,过去曾有汉子与人打赌,只要他不遮私处裸身从青石街道走过,便请其喝酒。汉子光了身子,一手执篙,一手捂住屁股边跑边叫:排冲走了!排冲走了!两边店铺的人和路人被惊扰,纷纷张眼来看,却见一个裸身排估佬为救河里被水冲走的木排而仓皇从街上跑过。没人怪罪他的孟浪,只有女人们笑着埋怨:该封的不封,不该封的封着。

到了20世纪70年代,修建两丫坪到中都、沿溪、龙潭的公路,才将风雨桥改修成现在的水泥石拱桥;以桥南为主体的场坪也慢慢转移到了桥北。后经统一规划,修建了宽阔的农贸市场,上街和下街的集贸功能才慢慢退出历史舞台。

在两丫坪集镇斜对面也有一座桥,叫"凌波夕照仙人桥",为两丫坪八景之四。这里是两丫坪通往九溪江、北斗溪和龙潭的必经之地,仙人桥高20米左右,跨度15米。修建年代已很久远,相传它是仙人所修。听老辈人说,古时有个岩匠,以三天为期修建此桥,这岂不是咄咄怪事?谁也不信。更为不信的是这个岩匠头两天还在和人喝酒扯谈,根本没见修桥的动静。可到了第二天晚上,当地人隐约听到小溪里有叮叮当当敲打石头的声音。第三天早上起床一看,一座漂亮的石拱桥安然横卧于溪谷之上,这就是当地人传说的仙人修桥的故事。据说仙人桥为仙人所修,总能保人平安。曾经有很多次,有人骑单车下坡,因刹车失灵连人带车掉到桥下,都被桥下的藤蔓兜住而幸免于难。随着社会的发展和时代的进步,山区通了公路,仙人桥不能承受重载汽车的重量。20世纪70年代,建设者们在保留仙人桥原型原貌不动的基础上,匠心独运地在仙人桥上面修建了一座现代化的水泥石拱桥,叫"桥上桥",与"仙人桥"相隔30米上下。远看两桥相叠,双虹卧波,巧夺天工。

仙人桥前,江面宽阔,对岸石山下有深水潭,这里是游泳爱好者的天堂,20世纪80年代,我在两丫坪工作时经常和同事们来此游泳,男男女女齐集潭中,煮饺子一样。潭水清澈透明,可见一条条白嫩的玉腿在水中晃动。有次我差点亡命深潭,一个"闷子"扎下去,钻进了水下的暗洞里,浮上来时脑袋碰着石壁,我想完了,这回小命难保!好在头脑清醒,心想肯定是钻进洞里了,便憋着劲斜着钻了一段距离再浮上来。也许是"老人家"保佑,我竟然钻出了水面,只是呛了几口水,后来我再不敢在水下逞英雄。

与仙人桥相隔不远的大坡头坳上,有栋封闭的砖屋,砖屋四周设有小方窗,远看就像一座炮楼,这是两丫坪早期地下党员贺虞卿的家,也是革命烈士翟根甲经常在这里秘密接头从事地下活动的地方。这是一栋砖木结构的房子,位于关卡要隘,砖墙既是围墙又是房壁,里面房屋为木质结构。该屋既当住房又可用以防匪,构思巧妙,颇具匠心。民国时期,曾有五个兵痞进屋抢粮,贺家兄弟把大门一关,关门打狗,打死两人,打伤两人,另一人腿长跑掉了。后来兵痞同伙找上门来,屋里早已人去楼空,抓了邻居杨再田出气,后被人确认不是其所为,才放他回家。

从前在上街和犁头咀之间还有一座石拱桥,为两丫坪八景之五,叫"玉带映月云锦桥",这里是中都河与沿溪河相汇之处,是去中都的通衢大道。这座桥建在沿溪河入汇处,两头低,中间高,桥面宽阔,可晒十多床晒垫。因是单拱桥,半圆桥孔辉映水中半圆倒影,乍一看就像十五的满月。桥面方形,方圆结合,颇具审美艺术效果。桥栏两边各有石狮一只,每只重达三、四百斤。那时住在桥北一个叫张万年的汉子,在一群玩耍的小孩面前显本事,搬起一只石狮下到河边给石狮洗澡,惊得那些光屁股小孩们瞠目结舌。值得一提的是,其中一个光屁股小孩在 20 世纪 50 年代写了篇叫《李老婆婆》的小说,刊登于《人民中国》并翻译成 12 种文字在国外刊登,他因此蜚声文坛并被调入湖南省文联工作。这个小孩就是贺瑞凤(1930—1962),后来相继发表作品《电话》《社长回来了》以及童话故事集《银猫与宝瓢》等。1956 年,以省代表身份进京参加全国青年文学工作者会议,聆听周总理的讲话和文坛巨匠郭沫若的报告,会后得到周总理的亲切接见。可惜的是,他因病英年早逝。

民国三十四年(1945)的 6 月,日军侵略湖南,为了从侧翼攻击进入雪峰山腹地的日军主力,国军经两丫坪上雪峰山实施侧翼包围。听当地老人说,国军为了方便晚上行走,把附近人家晒红薯米的晒垫都搜了来,然后一床接一床竖在拱桥上点燃照明。几万"粮子"一路浩荡,走了三天三夜才走完,几乎烧尽了附近人家的所有晒垫。

1954 年涨大水,洪水涨齐了河边人家中堂屋的神龛。住在河边一个叫贺才培的看到自家木屋被洪水冲得打转转,婆娘躲在屋里吓得一声爹一声娘地大哭。他来不及多想,游水进屋,和婆娘抱着根木头游出屋来,却被洪水冲入江心。正在此时,石拱桥轰然一声垮塌,掀起的巨浪把贺才培两口子又冲回到岸边。人得救了,可石拱桥再也没了。后来有人说，是石拱桥救了他们夫妻。

两座古井镇一方

《易经》云："改邑不改井，无丧无得。"说明水井与人民生活息息相关。在两丫坪集镇东边的凉水井村有两眼古井，一是翟氏宗祠内的古井，一为烂木冲的鱼形古井。据家住此地的县民间文艺家协会主席翟光烂介绍，这两口井历史悠久，是当地人文历史的见证者。它的建造很有讲究，两井相对，互为映衬，暗合"一阳一阴"之道。翟氏宗祠里的古井建在祠堂内，井水清澈甘甜，有"神仙水"之美誉。宗祠建筑结实，墙体坚固，祠内建井，为防侵扰之需。如遇外来侵犯，宗祠就是族人的避难所，连用水都能解决。井台地面铺青石板，四周修有护井石栏，护栏石板上雕刻有"鹿、鱼、元宝"等吉祥图案，现在还保存完好。当年中华英烈翟根甲在翟氏宗祠借修族谱和教书为名发展地下党员，并建立溆浦县第一个农村党支部和溆浦县第一个苏维埃政权——两丫坪苏维埃人民政府时就饮用此井水。改革开放后，一陈姓老板用宗祠里的井水制糖，做出的糖果脆香甜美，闻名县内外。

烂木冲古井迄今已有 500 余年历史，养育了该村几十代人，"凉水井村"也因此井名而命名。该井系翟、徐两姓祖先共同修建，记录了乡邻和谐相处的深厚友谊。它由"五口井"和"五彩石"组成。"五口井"是指此井呈阶梯状分成五级五口井，为鱼形。第一级位置最高，为鱼头，井口圆形，犹鱼之眼睛，晶莹透亮。出水流入第二级，再依次流入第三、四、五级。二至五级均为由大至小的方形，为鱼身和鱼尾。第一级鱼头之水为烧水煮饭用，其他依次做洗菜、洗衣物和洗农具之用。五口井的设计，符合天圆地方之说，整个造型宛如一条逆水而上的大鱼，寓意丰富，既暗合"年年有余"，有寓"鲤鱼跳龙门"之意。新中国成立后,先后从凉水井村走出参加工作的多达上百人。"五彩石"指先辈们在挖此井时,挖了很久都不见水,直挖到深处出现五彩石,一股清泉汩汩冒出。后来,人们便以是否知道这个传说来判断你是不是本地人。

听老人们说,当年贺龙元帅率红军长征途经凉水井,为寻访红军团长翟根甲的家在此做短暂休息,官兵们饮用此水后,赞不绝口,离开时还不忘带上一壶。抗战后期的雪峰山会战期间,龙潭战役极为惨烈,龙潭、两丫坪一带受到战火的洗礼,国民党军在此部署攻守,设立野战医院,受伤的将士们在此接受治疗,这两口井对救治伤病员发挥了重要作用。

凉水井的两座古井基本保留了完整的原始形态,凝聚了当地人民的智慧。时至今日,村里虽实现人畜饮用水工程,但这两座古井作为两丫坪八景之一,依旧受到保护,并继续发挥它的作用,福泽一方。

雪峰山上王排村

　　溆浦县两丫坪镇的王排,你知道吗? 我作为一名地道的王排山下人,却对它一知半解,况外人乎?知之地理地貌却不知其人文历史,知之局部却不知其全面,知之外貌却不知其内涵,知之厚重却不知其妩媚,就像子女不熟悉父母,自己不熟悉自己。此种情结,宋代苏轼用一句诗做了概括:"不识庐山真面目,只缘身在此山中。"

　　几月前,王排村被省里定为重点旅游扶贫村。村书记贺显健和村主任覃达银都是我的旧相识,他们要我去山里看看。正好县民间文艺家协会组织去王排采风,重新审读王排,认识王排,我欣然前往。乡村诗人袁甫健和根雕艺术爱好者周在勤都是民协会员,他们听说要去王排,心中窃喜,按捺不住激动。

　　王排大山出自名门,属于雪峰山第三高峰太阳山山脉,呈东西走向。起于中都乡长坪村的竹林江组和被称为溆浦桃花源的石门洞,与高坪瑶寨仅相隔咫尺;止于两丫坪镇顿脚水,两丫坪镇政府位于其山腹下,著名的岩鹰屙蛋风景区就在其西南脚下。全长15公里,宽10公里,号称三十里王排。当地人所说的王排,是指南面山的一面坡,即原来的王排、黄金、黄金坪三个村,现在合为王排村。山中村民大多为苗族,从前都以打猎为生,也种植水稻和药材。山下的王排河始于中都乡石门洞，一路欢歌，流经桥头江、白水洞、沙边江、马家洞、白竹坡、罗儿湾、温溪江到凉水井汇入中都河。山之东北属于淘金坪乡椒坪村；北面为当家、提高、洞庭、江溪垅、坪庄垅五个村。王排大山逶迤起伏，波澜壮阔，气势磅礴。主峰沙垴坳海拔1000多米，上面建有一寺，名"老山庵堂"。主峰下有个叫"九锅垴"的地方，有九座山形一样的山峰，像倒扣的锅子，看起来地形都一样，陌生人进入其中就如鬼迷了心窍，转来转去都回到原地，几天也绕不出来。这是上天赐予大自然的一个天然迷宫，难得一见。与主峰相峙而立的朱家坳和黄岩界两座山峰均建有寺庙，世事沉浮，寺庙几度毁而复修，所以朱家坳庵堂又称"复修庵"。听家乡的一位老先生说，过去这一带经常有老虎和野猪出没，朱家坳庵堂的一位尼姑烧水煮饭时发现没米了，到山下去借米。待她借米回家，发现灶前坐了个人，推开院门正想打招呼，却发现是一只老虎，吓得她大气不敢出，赶紧缩回身子跑了。盛世修庙，如今寺庙信徒广布，钟磬长鸣，香火旺盛。站在沙垴坳主峰上，远可观桥江、思蒙、淑城烟柳繁华之地，近可看层峦起伏，苍山如海，梯田鳞次栉比，雾霭缥缈游弋。

我们从凉水井涉溪而上。天气骤冷，初冬的溪水已有了刺骨的寒意，冻得我们手弹琵琶牙齿敲梆。可谁也没有说冷，挽起裤管手提鞋袜，群鸭般在没膝的水中挪动着肥胖的身躯。

一路寻寻觅觅，探寻心中的美景，却见老袁和老周神秘地拿个破碗装了泥沙在溪水中淘洗，他们干什么我心知肚明。我曾以两丫坪镇几个地名缀成一联：青山、青山界，十里青山到咀坡；黄金、黄金坪，万吨黄金出王排。我把对联用手机短信发给诗人老袁看，以为他会赞美几句，没想到他问，王排真有那么多黄金吗？看到二人很认真、很投入地淘沙，带队的达银主任说，你们不要试，王排山中有黄金，我们有个叫"九彩虎"的地方和有个叫"金子冲"的地方过去有人开过金矿。

无限风光在险境。走了几里路的溪谷，攀缘了几座提心吊胆的悬崖,我们找到了传说中的月亮潭、长潭、圆潭、人儿岩、龙船岩和洞神公公。月亮潭在温溪江的人儿岩下面,是一个深水潭。潭边悬崖的石壁上天生一个银白色的圆形月亮印记,如十五的满月,辉映一潭清水。半山中的人儿岩,似一对相依的母子,正俯瞰着月亮潭。顾名思义,长潭、圆潭都是说的两个深水潭的形状。长潭两岸是几十丈高的悬崖峭壁,潭长约百余米,深不见底,看起来就像是一块竹筏,故又名"筏潭"。20 世纪 80 年代中期,我曾在此游泳,潭水幽蓝,光线阴暗,水声訇然,恐惧顿生,不敢深入其里,只能在潭尾戏耍。圆潭在长潭上游百米左右,差不多一个排球场大小,形状浑圆。水潭不知有多深,当地人曾用八副罗绳吊一边磨子都没探到底。据说,长潭、圆潭和月亮潭下面是相通的,下面经常有怪物出现。在圆潭上游不过 50 米的岸边矗立一石,似一垂垂老者,叫"洞神石"。此地无洞,何来洞神? 原来是上游石门洞之洞神到此。他头朝上游,正回洞去哩!

听老辈人说,过去这地方曾是上通宝庆府,下达义陵郡的通衢大道。那时没桥,路人过河全靠住在月亮潭边的石大爷划船过河。有段时间总有人在月亮潭边失踪,人民怀疑是石大爷谋财害命。石大爷有口难辩,晚上躲在潭边偷看究竟。十五之夜,看到有路人自行划船过河时,潭水中突然闪出一道白光,一条巨大的白蛇用身子缠住划船人卷入潭水中,潭水复归平静。石大爷知道是白蛇精吞吃了过路人,就告诫人民不要在晚上过河,特别是月圆之夜。白蛇精断了食源,把石大爷也拖到水里吞吃了。石大爷的儿子石小龙知道是白蛇精害了父亲,就擂了几擂钵蒜子水倒在潭里。白蛇精的鳞甲里呛了蒜子水,奇痒难耐,滚出潭来要吃小龙。小龙躲进自家茅屋里,白蛇精紧跟而至,把小龙家的木屋缠了几圈,缠得木屋嘎嘎叫。小龙的母亲要他赶紧跳窗逃出去找沙垴坳庵堂的老和尚来制服白蛇。小龙紧走慢赶,来到石门洞时已经身疲力竭,就靠在一块大石头上睡着了。大石头开了一扇门,走出一位白胡子老头,原来他是洞神公公。他对小龙说，我知道你自何处来要到何处去，所为何事。然后带小龙进到洞里，交给他一包白色的药粉，如此这般交代了一番。小龙急急忙忙赶回家，把白粉撒在了白蛇身上。白蛇顿时痛得打滚，飘到月亮潭里上下翻滚折腾，把潭边的小船掀到了上面的山里，变成了石头船。当时有只乌龟在船上没来得及下船，也随船荡到了山里，只好自己慢慢爬回去。当时洞神公公就守在长潭和圆潭边，防止白蛇从此逃出，后见白蛇被灭，他放心地准备回洞去。白蛇精死后，身上撒了白粉的地方先烂了，潭水从溃烂的地方流出去，没烂的地方后来就成了人们过河时脚踩的跳石，那人儿岩就是小龙娘儿俩站在山梁上看路人踩着白蛇精的身子过河时的情景。

爬到半山腰上，还真见到了那艘两头翘的石头船和那只尚在半路上爬行的石头乌龟。石船10来米长，2米宽，与真船一般大小，这地方后来就叫龙船岩。那只惊慌失措的石头乌龟，头下尾上眼望溪谷，爬了几百上千年，还在半山下的田坳上。后面山里，还留下它屙的一只石蛋。宽阔的乌龟背和龟蛋，成了附近人家晒红薯米的绝佳场地，几户人家按户划分一块地方，各晒各地，远看还真像是龟背上的斑纹。

早上出门一路攀行，已是下午两点多钟，大家已身疲力乏，饥饿来袭。头发飘白的县民协主席翟光烂站在乌龟岩上拍拍肚子说，肚里在闹情绪了，得找个地方休息才行。村主任达银是苗人，50多岁，去年患过脑溢血，身体尚未完全康复。他背了个包自顾行走，准备带我们去参观下一个景点——水口山古枫。老周看见附近山里有个80多岁的老大姐背着背篓正向家里走去，手握喇叭大声叫道：大姐，回去搞点饭，我们来你家吃饭！老大姐回了声，要得啰！

来到大姐家时饭已蒸熟，正冒着热气。我们自己动手，烧柴火，用油糊辣子炒腊肉，酸辣椒炒鸡蛋，就如同在自家一样。与大姐交流得知，她今年80岁，儿子和媳妇都在外打工，只她一人守屋。我边炒菜边对大姐说，真不好意思，麻烦你老人家啦！老大姐说，这有什么麻烦的,哪个还背起米出门?我儿子、媳妇在外面肚子饿了不也得找呷的?

三下五除二,饭菜上桌,七八个人围成一桌,就像猪崽子抢食,稀里呼噜,吃得直伸脖子、翻白眼。饭毕,嘴巴一抹屁股一拍,向老大姐道一声"难为了啊",便阴个儿阳个儿地走出屋门,开始爬山。我心里过意不去,回头看老大姐正站在地场坪边,笑盈盈目送我们离开,一副很荣幸和满足的样子。我想起了老大姐的那句话,哪个还背起米出门?我心里想,我们在她家白吃白喝,她的儿子、媳妇在外面会有人白给吗?

我快走几步来到达银身边问:"我们在村民家吃饭,村里会补钱吗?"达银说:"不要,吃一两餐饭小意思,就是给钱他们也不会要,以为我们瞧他们不起。"来到漆树湾水口山,迎接我们的是五六棵高可凌云的参天古树,其中 2 棵荷树,4 棵古枫,均有两人合抱粗细,估计至少生存了 200 多年。达银的家离古树不远,他说小时候看这些树就有这么大,50 年了好像没变。达银做木材生意出身,和树木打了一辈子交道。他说事实上,树木和人一样,到了一定的生命期也就放缓了生长速度,还有就是我们感官上存在误区,观察大树的生长变化没有小树那么明显。我们在古枫下伫立良久,感受那种"霜叶红于二月花"的诗情画意,也仔细体味古树带给我们的坚毅、执着与镇定。"木秀于林,风必摧之",风吹雨打,雪压日晒两百年,古树初心不改,巍然挺立,我们为它顽强的生命力点赞!

古树上边山里,是 20 世纪 70 年代修建的"黄金大渠"隧道。大渠全长 10 里有余,上到竹林江,下到当家村,首尾各有一座隧道相连。这是一条连接竹林江的隧道,大概 50 米长,两端口子上各书一对联。一联是"愚公移山,改造中国;自力更生,发愤图强";另一联是"为有牺牲多壮志,敢教日月换新天"。那时候农业学大寨,男女老少齐上阵,王排大山全部开成梯田。修建这条水渠,是用来灌溉所有梯田的。不知为何计划落空，水渠修好了却无水可供，水渠成了干渠。听说是源头的老百姓不肯提供水源，又说是水源太小，水流不远就没了。就这样，成千上万个劳力凭借锄头、钢钎和箩箕这些最原始的工具挖出来的伟大工程，却只能成为一条人行大道和印证那一时期"人定胜天"这一豪言壮语的历史遗址。

　　王排大山隔河对面是绵延起伏的十里大山界，山上地形陡峭，青山莽莽，人烟稀少。翟光烂主席说，大山界那边就是沙溪和凉水井，出身于凉水井的革命英烈翟根甲曾隐身此地和黄岩界庵堂。听他俩这么一说，我们就有了要去洞里探险的冲动。但天色将晚，我们只能夜宿王排村。住户是20年前的老村主任，叫覃汉文，苗族，70岁，发须已白，还有些耳背，说话轻了听不到，他是达银的堂叔，爱人也曾当过村妇女主任。他家住的木屋就建在大渠上面。20年前，我们几个乡干部到村里催油菜籽任务住在他家。记得那次做晚饭时，覃村主任把地场坪撒了一把包谷子，十多只鸡一齐赶来抢食。他把一杆鸟铳塞给我说，今晚的夜饭菜全看你的眼法了，打了个大的就多吃，打了个小的就少吃。从来没玩过这玩意的我，学着电影里打靶的姿势，把弯把子枪托顶在肩膀上朝鸡群放了一铳，鸡没打着，铳里的砂子反射到脸上，手一摸脸上竟摸得一手血，幸好只伤了表皮并无大碍。同事们幸灾乐祸，笑话我战争片看多了，弄得我哭笑不得。那一次差点让我变成麻子，所以记忆深刻。时隔20多年，老村长已不认得我，说起名字，他却连我的父辈、爷爷的名字都记得，毕竟两家相隔不过十多里路。

　　晚上，我们围炉而叙，闲话家常，夤夜方休。翌晨起床，已是日出时分，不见了老袁和老周。来到大渠上，见二人正拿起手机拍日出相片。举目三十里王排，朝霞满天，群山尽辉，仿如镀金。我对老袁说，你四处寻金，你看这三十里王排不就是一座金山吗？老袁凝目远眺，出口成诗："东方日出放异彩，群山似金把画展。喜看眼前王排村，雪峰山中一王牌。"

美景璀璨映北斗

　　北斗溪镇位于溆浦县南 55 公里处，东与山背梯田景区相望，西与穿岩山国家生态公园接壤，二都河由南往北贯穿境内。若干年前这里还是高山阻隔，交通不便，信息闭塞，鸟不屙屎的穷地方，几年前隆隆一阵炮响，沪昆高速铁路的长龙在此山谷中露了一下头，高铁站落户山中，于是唤醒了山神，冲动了蕴藏千年的灵气。这里变了，变得富饶靓丽，楚楚动人，变得让人眼红。

　　应当地文友梁和义、徐兴平之邀，我于初秋时节欣然前往。在火车上我设想了会晤时的兴奋，此前兴平君曾表示会来高铁站接我，我想在客流零落的车站前，他大不必高举姓名牌等候在出站口，最起码的礼遇应该也是在停留公交的地方有一辆灰不溜秋的摩托车候在那里，车上跨着戴头盔的兴平君。下车后我走出出站口，拖着行李箱来到停留公交的地方，那里等候着几辆载客的摩托，可未见兴平君，打他电话，他说在出站口。没多久，和义与兴平二君匆匆走来，把我引回到出站口，上了一辆高档小车，我为自己享受高贵的迎客待遇而受宠若惊，责怪自己还是老眼光看人。如今的北斗溪人已不是往日的模样，出行都有了高档"坐骑"。

"七姓瑶寨"好风光

小车出站拐了两个手拐子弯,就来到了只有一箭之地的下榻处坪溪村"七姓瑶寨"。我感觉就像是嫁给邻家的大姑娘,轿子还没坐热就从娘家到了婆家,冇过得瘾。下车后,一栋别致而富有民族特色的崭新木楼矗立眼前。木楼坐北朝南,为典型的三折式南方民居形状,背倚宽阔稻田,面临浩荡二都河,青瓦白屋檐,雕梁画栋,木柱木壁都用桐油刷过,正中大门上是知名书法家谌敬业书写的门匾"七姓瑶寨"。客寨人来人往,身影幢幢,热闹非凡。秀色可餐、美丽动人的瑶家妹似乎受过专业化的培训,迎来送往,春风满面,笑容可掬,既落落大方又不失庄重。

暮色四合,我们凭栏而坐,槛外瓜藤绕篱,花香袭人,目光所及,青山如黛,河水潺潺。故人重逢,品茗叙旧,把酒言欢,情深意浓。"绿树村边合,青山廓外斜。开轩面场圃,把酒话桑麻",暗为这种高雅的意境叫绝。言谈之时,村书记梁奇华、瑶寨经理梁燕华以及地方名流依次前来劝酒接风,表达诚恳欢迎之意,使我深深感受到东道主的热情和家乡人感情的质朴与厚道。

从交谈中得知,坪溪村委借助高铁站落户该地和镇政府迁址的优势,组织村民合股打造集餐饮住宿、旅游观光、娱乐养生为一体的大型农家乐酒店,村民对这美妙的前景充满信心,纷纷表示愿意投资入股。在经过选址征地、申报审批、动工奠基前期工作后,因县里考虑此地地势低洼会有水患之虞,原定镇政府迁址坪溪村的计划有变,改迁至茅坡村,这无疑使即将修建的农家乐酒店的含金量大打折扣。村民闻讯后全部退股,只留下四个村委干部的股份。其时,前期已投入八万多元,在进退维谷之际,村委连续召开四次会议,讨论停建还是继续上马。一番争论后达成一致意见,由四个村委出资 80 万元继续修建,成功了可带动村民致富,失败了风险自担。在建设中期,投入的 80 万远远不够,资金遇到瓶颈。其时,坪溪村被确定为省级贫困村,省教育厅作为扶贫单位进驻该村。教育厅领导了解村委的难处后,当即决定将救助给该村的部分扶贫款投入到农家乐酒店的建设中,所得盈利分红给村民,让村民受益。此举让建设中的农家乐酒店起死回生,顺利打造而成。农家乐建成后,想给它起个好听的名字。这个好说,负责该村扶贫的教育厅干部都是大学问家。苏学儒教授问:"你们这里的瑶族为什么叫七姓瑶?"书记梁奇华介绍说:"1170 年,辰州知府孙叔杰纵兵杀瑶民十三个村寨,后一支瑶民只剩下蒲姓七兄弟,为了繁衍生息,把七兄弟按照年龄大小改为蒲、刘、丁、沈、石、陈、梁七姓,分开落住,碎盆七块为记,各姓各执一块,每年执碎块合盆议界,后来就称七姓瑶。"苏教授摸了下后脑勺说:"村里世居着七姓瑶民,就叫'七姓瑶寨'吧!"于是,农家乐酒店有了富有民族特色的名字。

花海涌波香满陇

"七姓瑶寨"建成后,给广阔的坪溪垄里增添了一道靓丽的风景,但身为镇文化旅游中心干部的梁和义觉得此景不免有些单调,要是有其他辅景相配更好。配什么呢?百思不得其解。他请来了县考古界的权威、县屈原学会会长禹经安老师。禹老师实地查看后,眯了下眼珠给了一字建议"花"!和义君听了,茅塞顿开,是啊,花好人和,既能扮靓山村,体现山乡特色,又具民族团结之意,真是"一字千金"!

"七姓瑶寨"的四周及道路两旁很快种植了奇花异草,安放了取自山中的磐石,饰以牌楼凉亭,烘云托月,让"七姓瑶寨"顿增无穷魅力。省教育厅扶贫办的领导更是别开生面,锦上添花,请省农业厅的专家利用科技手段指导种植五彩油菜,花开时节,金黄色的油菜花中显现五只巨型蝴蝶图案。春光明媚,花海扬波,蝴蝶翩翩起舞,美不胜收;夏日里则种植了五彩水稻,稻浪滚滚中,七只巨型鲤鱼姿态各异跃于田间,美轮美奂。

和义君和我说,来这里多玩几天,我知你爱游山玩水,我们这里好玩的地方多的是,赏花有花海,看山有登仙坡,看水有流泉飞瀑,看洞有女儿洞。我曾看过不少县内文友采写的女儿洞的文章,县诗词协会实力派诗人张克鹤兄亦有诗为赞:"联步寻幽小径通,万千意趣入芳丛。山花沾润胭脂雨,石罅回旋蝴蝶风。神女一游归化外,野禽群浴到溪中。拿云探岫餐芹蘩,醉梦流连第几峰?"我对福地洞天、景美境幽的女儿洞神往已久,就说想去女儿洞看看。

景美境幽女儿洞

女儿洞是一条 2 公里长的溪谷,位于北斗溪镇沙坪村境内。进村后,我参观了原湘雅医院退休教授、民营企业家刘兴明先生和其弟刘兴木共同创建的安德鑫医院和兴明生物制剂厂。在远离市井的山冲里,竟有人建起了一座规模恢宏、像模像样的大医院并悬壶济世,治病疗伤,真令我刮目相看。据说,医院所属生物制剂厂生产的烫伤药和专治风湿病的膏药曾获得国家多项专利和大奖,有治疗特效。听梁燕华先生说,他们瑶寨的一位厨师被开水烫伤,用安德鑫医院的烫伤药只擦了三次就痊愈。金杯银杯,不如老百姓口碑,在医院办公室墙上,挂满了患者赠送的锦旗,加上当地人口耳相传,声名远播,说明这所医院非同寻常。更让我感动的是安德鑫医院联合沙坪村委斥资千万共同开发女儿洞风景区,修建了观景台、游步道、路边栅栏、悬崖栈道、水库、游泳池以及庙宇、汉白玉雕像等,为打造当地生态旅游景点做出了很大的努力。

从医院前行不到一里路，就进入了女儿洞景区。随着步步深入，但见高山阻隔，怪石嶙峋，古木参天，溪流淙淙。我沿着简易公路迤逦而行，问身边担任向导的沙坪村陈华先生："女儿洞这个富有诗意的地名是现在新取的名字吗？"我见怪了很多旅游景点为了取悦时尚，将沿袭的地名改得冠冕堂皇。陈华拍着胸脯说："我用良心保证，我们本地人自古以来就叫这名字。"我无语，暗为地名之纯洁美丽而庆幸。来到雅彩仙子雕像前，被仙子的尊贵高雅叹服。雕像用北方汉白玉雕琢而成，显得大气而尊贵，据说，光这尊雕像就花费百万之巨。仙子雕像峨冠高耸，善眉慈目，手托莲花，迎风伫立，姿态飘逸，彰显传说中的雅彩仙女蕙质兰心、美丽善良、除暴安良的品性。从当地人口中，听到了关于雅彩仙子的传说。雅彩本为天界织女星，与凡间牛郎暗结姻缘，被王母娘娘发觉后强行抓回打入冷宫。天庭一日，人间百年。百年之后，牛郎早已故去，王母娘娘见她与牛郎情缘已断，放她出宫游览散心。不经意间，瞥见凉天坳风雨大作，洪浪滚滚，下游农田和民房连片摧毁。细一看，原来是龙王爷的外甥弋罕正在呼风唤雨。弋罕是龙王爷派来人间司雨的，要他按月定期播雨，平衡周天阴阳。没想到弋罕是条懒龙，一睡数月未醒，醒来后就播撒几天几夜暴雨，搞得人间暴雨成灾，人民流离失所。住在附近的石头老人见溪流滚滚危害下游良田民居，在溪谷中垒石为坝堵塞洪流。其中一坝被洪水冲开缺口，一时找不到巨石堵塞，石头老人以身堵坝，瞬间被洪水冲走。织女见状，按下云头，救起石头老人置于石崖下，然后扯下裙带，抛向尚在播雨的懒龙。裙带捆住懒龙，方使风停雨住，洪流渐息。此后，织女常飘落溪谷，焚香弹琴，督促懒龙播雨。夜静时，依稀有悦耳琴声飘出山谷。有好事者进谷观之，偶见一年轻女子衣袂飘飘，或游离于山水间，或安坐洞内。乡人缺个碗筷家什，夜间去洞口焚香求借，翌日便能如愿以偿。乡人不知仙女是何方神圣,姓甚名谁,问及石头老人,老人一捋胡须说,仙女着五彩神衣,气质高雅,举止神秘,就叫她"雅彩仙子"吧!于是,"雅彩仙子"的名字和传说就留在了这片大山里。现在所见溪谷中有层层河坝,那是石头老人所为也。

继续钻进溪谷,走过悬崖中的百米栈道,溪谷越来越窄。由于是高海拔,峡风过境,感觉凉风嗖嗖。悬崖下的水潭里,时见石蛙蹦跳,幽静中闻得一声水响。由深涧上山,钻入密林,见一稀有的合欢树。此树两人合抱大小,堪称百年古树。在齐人高处,分出九个树干,叫九干同株。听说这种合欢树开的花很大,鲜艳无比,而且花期相当长,是一种十分珍贵的花树。上山沿山脊而下,行不多远有观景台。此台四周悬空,仅有一羊肠小道可攀缘通行。站在台前下望,崖高数十丈,顿感两股颤颤,背心发麻,心跳加速,头晕目眩。观景台对面,即是云中涌浪、绿如锦绣的山背梯田。在凉天坳和山背之间,两山夹壑,薄雾缥缈,二都河洋洋洒洒一路西去。河两岸杨柳摆凤,稻香袭人;山脚下民房连连,炊烟袅袅。与我同行的兴平君遥指东南方向一高山说,那里就是登仙坡,山上有一寺,年代久远,曾毁而复修。相传从前此寺曾有"苦做僧人"在此成仙,此山故名登仙坡。他说"苦做僧人"不仅勤劳苦做,而且是个大善人,他从十几里远的山下背砖瓦上山修建寺院,背篓磨破了背皮,背皮腐烂长蛆,蛆掉落地上,他担心蛆离开溃烂处会饿死,便将蛆捡起重新放在背上溃烂处。真是人间至善,千古少有。

从观景台下山的路是建在悬崖上的,石级较高,民间说的一升米一蹬莫过如此。从悬崖绕行至山腰间,见断断续续相连的三座巨石上有龙鳞一样的斑纹,当地人称"龙鳞石"。联想到雅彩的传说,这龙鳞石不就是被雅彩仙子捆绑于此的懒龙吗?看那一线流过石间的涓涓泉水,正是那根缚龙的裙带。

美景璀璨映北斗

在回瑶寨的路上，沿途所见水泥道路整洁干净，两旁绿树成荫，郁郁葱葱；依山而建、错落有致的民房都是青瓦白屋角，朱漆刷壁，雕梁画栋。庭院四周，菜蔬馥郁，花果飘香。仅在几年间，北斗溪镇有了翻天覆地的变化。

镇政府干部贺乙介绍说，近年来，省教育厅扶贫工作队和县、镇、村三级为了更好地打造北斗溪高铁新镇，实施了净化工程、绿化工程、住房靓化工程和淳化工程。听梁和义说，全村的垃圾经统一搜集打包转运至县城垃圾站处理，从前是城里的垃圾往乡里运，现在是乡里的垃圾往城里送；在保护山地植被不遭破坏的同时，在道路两旁以及庭院四周遍栽行道树、果木或花草，美化环境，净化空气。在住房靓化上更是下了血本，对全村218栋房屋全部进行改造，统一瑶家风格，对违章建筑和废弃的厂棚杂物全部拆除。除此之外，还开展文明创建活动，制定和实施村规民约，挖掘和保护七姓瑶传统文化。经过几年的努力，如今我们看到的是山清水秀、花香袭人、卫生清洁的民族风情村落。瑶寨经理梁燕华和我说，长沙有两位老娭毑，每个月要来瑶寨住几天。他们来这里跋山涉水，赏花赏景，吹山里风，喝山泉水，吃乡里菜。他们开玩笑说，你们这里哪是贫困村，简直比天堂还美！有这么好的贫困村，我们就经常来这里当贫困户。

花团锦簇的七姓瑶寨，古朴隽秀的民族风情小镇，青山绿水，花好人和。在火车上，在南来北往客人的惊鸿一瞥中，北斗溪留给了他们魂牵梦萦的精彩，带去了湘西古城溆浦的美好印象。天上有北斗星，地上有北斗溪。天上北斗亮晶晶，地上北斗好风景。北斗相映照环宇，人间美好赛天庭。我想，党和政府指引方向，带领人民脱贫致富奔小康，不就是天上那颗最亮的北极星吗？

沿溪是个凤凰窝

　　沿溪乡居溆浦县东南 48 公里处，与隆回、新化接界，属老少边穷乡村。乡村虽穷，人却很有骨气，也颇有进取精神，先后从这里走出去的能人志士不胜枚举，有的甚至担任过重要职务。如曾任国民党少将副司令的贺迪光，曾任过西安市委书记的贺方冬，原黔阳县人大常委会主任贺方贵，曾担任过怀化师范学院副院长的贺安宁，湘潭钢铁厂高级工程师、处长贺显名，县委原组织部部长贺显庆，曾任县政协秘书长、现为县财政局副局长的罗铁桥，原县民宗委主任奉锡联，北斗溪镇党委书记、即将出席北京重要会议的梁金华，社会学博士、人民出版社副编审刘仲翔等。山清水秀、人杰地灵的沿溪乡，为何贤良辈出，人才济济，而且文官武将兼备，且都能自重，难道真如民间所传乃风水使然，还是别有缘由？此疑惑存于心中久矣，加上沿溪乡油浪溪和杨柳江村道旁有文物孟公菩萨石刻，不知刻于何时，缘何而刻，何人所刻？许多疑问诱使，想移步山中一探究竟。此次到北斗溪采访，和文友梁和义、徐兴平说起此事，他俩亦有此雅兴，便组成文化采风团前去沿溪探秘。

　　车过两丫坪，沿溪而上，溪鸣幽谷，青山起伏，莺啼鸟鸣，秋风送爽。车上我向大家说起 30 年前第一次做客沿溪的情景。那时我还是一个毛头小伙，受家住沿溪乡荆竹山村的同学贺方清之邀去他家玩。那时沿溪没有公交车，从两丫坪步行走到荆竹山有70多里路，我们走了一天。给我留下深刻印象的是荆竹山的竹海，漫山遍野都是水桶般粗的楠竹，目不暇接，荫天蔽日，绵延成海。微风轻拂，竹浪汹涌，清香袭人。我是第一次见到这么大一片茫茫竹海，为它的壮丽而如痴如醉，惊讶不已。贺方清的家在白云生处的高山上，山里人过着刀耕火种很原始的生活。春天时放火烧山种粟种苞谷，秋天时将收获的红薯、苞谷、高粱和粟谷挂满木屋。山里人自家都备有两米长、一米高的木制榨油机，将茶籽炒香，用石碓把茶籽舂成粉，在铁圈里铺一圈稻草扎成的草头，将茶籽倒入铁圈内踩成一个个油饼，然后把油饼放到榨油机上，插入木楔，用铁锤敲击木楔，喷香的茶油就成线流落到盆里。吃饭时，一家人围着红红的火炉，先喝下一大碗甜酒，浑身顿感温暖无比。我和贺方清翻过山去，走20多里路到隆回的金石桥赶场，并去参观了热水井。那天贺方清买了个很时尚的手提式收音机，一路放着音乐回家，直到电池耗尽。路过洋和坪时，贺方清告诉我，那里的石头做磨刀石是全世界最好的，正好我的父亲是木匠，磨刀石是他很重要的工具。第二天，我们再次来到洋和坪，用铁锤和钢钎撬了几大块石头挑到他家。我在他家住了一个星期，然后挑着一百来斤重的磨刀石回家。从早走到晚，走了70多里路才到两丫坪岩观音那地方，肩膀已磨破了皮，麻辣火烧地痛，肚中饥饿，我只好将磨刀石放下收藏在路下刺蓬窠里，然后回到两丫坪亲戚家投宿。第二天又走了40多里路将磨刀石挑回家去，两天竟走了100多里路。父亲看到是洋和坪的磨刀石，眼放光芒欣喜不已，马上拿来斧头试磨，只磨了几下，斧头便锋利无比。父亲表扬我说，你干了一件看似傻事的大好事。在我后来的人生路上，干了很多类似的傻事兼好事，就比如深陷其中而不可自拔地文学创作。

大家听了我的故事，觉得好笑之余，对沿溪大山中的生活习俗感觉新奇而有趣,梁和义对荆竹山的竹海很感兴趣。我说这次时间紧,可能无缘竹海,只能待以后有机会再说吧。

说着话,车子已来到一片古枫矗立的水口山,流水环抱一古朴村落,原来已到了沿溪乡的青坡村。这里是贺方贡、贺安宁的家乡,兄弟俩一个曾当过原黔阳县人大常委会主任,一个曾任怀化师院副院长。贺方贡的妹夫高福泉还是当地赫赫有名的武学高人,其父是打虎匠,新化县奉家镇月光村93岁的打虎英雄黄金诚老人都是他的射虎弟子。20年前我与高福泉师傅闲谈得知,他于民国时曾参加辰州武术比赛并夺冠,新中国成立后入伍,担任过连长,退伍后一直在县武装部工作,五年前已因病故去。《湖南文艺》公众号主编、县宗教局干部贺益民先生亦是青坡村人,他创立文艺公众号,为推动网络新文化的发展付出了心血,并做出了一定的成绩。

车子继续前行进入了旺坪村,突见一圆形宽阔盆地,水流曾"S"状流过,形成一阴阳太极图。我们遍观山形水路,见此山环水绕,灵气氤氲。和义君赞叹曰,这里真是好地方,必出富贵之家,贤良之士!我说然也,民国时此地有大财主贺金甲,不仅金玉满堂,富甲一方,而且文才深厚,与县内文人广有交结;盆地进口处一个叫龙眼潭的地方,有座形似白马的山头,当地人称白马山。传说清末年间,因一白马突然消失嵌入此山石壁中并隐约可见那白马身影而得名。有风水先生云:"带甲之马者必出大将军。"后此地果真出了贺迪光(1906—1982)将军,其授衔为承德驻防骑兵第三支队少将副司令。他年轻时背着忤逆之名逃婚离家,出走长沙,并于1924年8月至1927年7月在长沙兑泽中学深造。在长沙就读的三年里,他参加了兑泽中学由中共党团组织所办的积极分子学习小组,结识了很多后来从事革命并成为溆浦县委领导人的谌鸿章、马用之等人,后因学潮与组织失联。1927年秋,贺迪光以优异成绩考入国民革命军黄埔军官学校,1930年2月毕业于黄埔军校第六期骑兵队第一连。贺迪光就读黄埔军校期间，练就了娴熟过硬的马上功夫，可先抽马奔跑再跃身上马，曾荣获在南京举办的国际马术比赛亚军，名噪一时。我的老师贺怀远即为贺迪光之子，不仅数学出类拔萃，而且象棋、乒乓球乃至民乐皆精，曾参加过怀化地区乒乓球比赛并获佳绩。贺怀远老师的哥哥贺自强为太原理工大学副校长，姐姐贺兰华为国家篮球队教练；贺怀远老师的三个儿子也都十分优秀，大儿子弘卫现为县统计局书记，次子弘联为省委宣传部干部，三子弘洲在省电视台工作。

旺坪一方福地，财旺人旺，新中国成立后从事教学和公职者甚众，且都能独善其身，敬业有加。

乡政府就在旺坪村东边的山腰上，下面的公路似一条腰带缠绕山间，依山而建的层层住房前晾晒着金黄色的苞谷，农妇拿着箩筐、筲箕，在夕照里忙碌地收拾晒干的玉米，夕阳拉长了她们妖娆的身影。曾任沿溪乡乡长、现已70多岁的王矩力听说我们要来，早已搞好饭菜等候，并多次到马路边探望，热情好客之心令我们感动。王老行伍出身，身材魁梧，30年前身强力壮，血气方刚，不仅是政界精英，而且是篮球场上的"豹子"，山中打猎的"飞毛腿"。时过境迁，一晃迈入了古稀之年，前年患血管瘤游离于生死边缘，所幸儿女孝顺，拼力抢救，现已基本康复。遭此一劫，他对亲情友情倍感珍惜。他30年前送给下属徐兴平一腿干野猪肉，让兴平君感动到现在。这次故旧重逢，万千离愁别绪，竟无语噎咽。丰盛的晚宴是王老真情实感的最好表达，他看似平淡地说，这次你们口福好，家中还有野味。原来先天不知他在哪弄了只巴茅猪，巴茅猪又名竹根鼠，是一种以巴茅根、竹根和嫩草根为食的小动物，肉嫩可口，难得一尝。桌上土鸡土鹅，野芹飘香，皆精心准备。我们边吃边聊，品尝山里人浓浓的情意。饭后，我们围桌而叙，七嘴八舌，各抒己见。梁和义与王老的儿子贺乙是同事，他们讨论更多的话题是行政工作中遇到的矛盾与处理；兴平君和王老多为回忆过去共同工作时的珍贵友情和乐趣。当地道人贺德昆来访，和我探讨起儒、释、道对雪峰山区民俗的影响。我们交谈至夤夜，更深露重，方才歇息。

翌日早饭后，在统溪河工作的白玉村人罗炎生听说我们来沿溪，专程赶回相陪。我们辞别王老和贺乙，前去白玉和烂泥湾。

车子在幽深的峡谷中行驶，风和日丽，溪水喧哗，满眼尽绿。白玉村位于太阳山山腰上，是一个高山平地村落，因农田下的土壤呈乳白色，故叫白土村，后来改为白玉村。村子呈葫芦形两部分，外面的部分叫下白土，里面的叫上白土，人们称其为宝葫芦。村子四面环山，有一溪流穿境而过。因是高海拔，这里生产的稻谷、玉米等农作物皆为上等货色，比起其他地方同类产品更加优质，不仅颗粒饱满，而且香嫩可口。白玉村是当年红军路过之地，心存对这片热土的崇拜，而且这里有我的老师、同学、朋友和老领导，一直是我想来拜谒的地方，今日得偿所愿，心感欣慰。我们穿行于金色的稻浪间，闻着稻谷的芬芳，动观流水潺潺，静听青山鸟语，心境澄明清澈，恬淡适意，何其乐哉！

在上、下白土之间峡口的水口山上，去年修建了一座10余米长、6米高的凉亭，上盖青色汉瓦，石灰粉刷屋檐屋角，木柱木枋被桐油刷过，泛着黄亮的光。两边青山相伴，亭旁古树繁茂，曲水流觞，使满眼绿色的白玉村更显秀丽。亭梁上装有螺旋状节能灯，亭子两边安放坐板，亭中央地上摆有两张木桌，可以想象，夜幕低垂，月色如银，灯光明亮，坐板上坐着三五老农，闲谈南京的城隍，北京的土地；另有两桌婆婆姥姥悠闲地打着老牌，脸上粘着纸条，微风轻拂，闲适爽意，安宁祥和。和义与兴平二君被这山中凉亭迷住，惊叹工匠手艺堪称一流。

我和罗炎生穿过上白土的田野，来到靠西边的山脚下一栋倾斜的木屋前。炎生说，这烂木屋就是老红军贺方冬的故居，现在无人住居和打理，房子破烂不堪。

　　据《关向应日记》载，1935年12月13日，红二军团四、五、六师及新兵团从新化上团经庄坪、上畲，再翻过山坳路过白玉、烂泥湾、金鸡垅、老鹰坡去隆回，顺利完成战略穿插转移。据说当时上白土的有志青年贺方冬就是在山里砍柴时身背柴刀参加了红军，家人还以为他失踪。直到30多年后回乡探亲，乡亲们才知道他当了红军。据两丫坪上了年纪的人回忆，20世纪60年代，贺阔别故乡几十年后第一次回乡省亲，那时正是"文革"时期，他穿着朴素，携两个儿子走到两丫坪时已是傍黑时分，感觉腹中饥饿，街上唯一的饮食店已关门。三父子来到区公所食堂问师傅还有饭吗？食堂早已吃过饭无饭可供，师傅要他去外面想办法。他们走出食堂来到办公室小坐，惊动了区武装部长熊先求。一问才知他是老红军、西安市委书记贺方冬，赶紧吩咐食堂师傅搞饭菜招待。他边吃饭边说起自己参加红军后的情况，说红军爬雪山过草地时没吃的，吃皮带、草根是确有其事，那时冻死饿死的不计其数。老红军虽已故去，但他那种追求革命新生的勇敢与执着永远令后辈敬佩。

　　我们想看看白玉村的白泥，罗炎生带我们来到溪边，用手一指溪边说，那一片都是白泥。我们一眼望去，但见溪边的田埂下裸露着乳白色的泥土，叫来附近农夫用锄头挖出几大块，梁和义拿了一块放在手中把玩，说要带回家去。罗炎生说，他们小时候常把这泥巴做成碗、碟形状，然后放在灶膛里烧干，可以装水或食物。农夫说，村人曾带泥巴去县城化验，说是这泥土黏性太强，没有开采价值，现在只能作为一种地方地质特征和一种沉甸甸的乡愁记忆。

　　回到罗炎生家，饭菜已经上桌。山里人好客，他70多岁的父母乘我们踯躅赏景时好一阵忙碌，拿出家里最好的美酒佳酿招待我们。徐兴平拿出手机边拍照边说，白玉的白瓜很有名，煮出的汤是白色的。听他这一介绍，我迫不及待先尝了一口，果真味道鲜美无比。罗炎生父亲是远近闻名的老先生，看地安家仙合婚算八字样样皆通，业务做到九溪江、北斗溪、龙潭以及新化上团、下团和奉家。说起他的大名，来自北斗溪的两位客人都非常熟悉。罗炎生四兄弟，三兄弟住在县城，大哥罗铁桥现为县财政局副局长，看管着全县的钱袋子。

吃过中饭，我们来到山下的油浪溪。想去看道旁的文物孟公菩萨石刻。罗炎生告诉我，石刻的地方因修建公路岩石填堵，杂草丛生，无法攀缘，只好放弃。我依稀记得 30 年前和文化干部翟少华、覃显生一同来考察过。那时没有公路，石刻就在道路老坎，刻的是孟公像，高 1 米左右，左脚直立，右脚弯曲踩踏蹬石，右手握拳扬举额前。在和造像相距约三里路的岩崖上，刻有"康熙四十四年冬月"的字样，此字应为同一时期所刻。

杨柳江造像及岩画位于杨柳江村前的大路旁，造像和岩画分别雕刻在路旁的两块岩崖之上，岩画在右，造像在左。造像为立体浮雕，高 1.4 米左右，为一身穿盔甲的武士，竖眉鼓眼，手举大斧，威风凛凛。通体饰有红、蓝、黑多种色彩。造像顶部嵌有突出的青石板，是为造像避雨蔽阳所安置的，其下刻有阴阳太极图，其左侧刻修建人姓名，落款年代为清道光七年（1827 年）季秋月修。据当地人说孟公出身贫寒，自幼就住在深山老林之中，常年以烧炭为生。孟公为人忠厚善良，却长了一副凶相。一日他上深山砍柴烧炭，无意中伐得一株神树沉香木。他将沉香木装入炭窑烧炭，香气直冲天庭，惊动玉皇大帝。玉帝派天兵天将捉拿孟公，本要惩罚他，但念在他忠厚耿直，孝顺，反封他为"守山神"，要他负责在深山密林中守山护林，除妖驱邪。

县考古学家禹经安老师曾多次来此考察，并在《溆浦拾轶》书中撰文《沿溪摩崖造像及岩画小考》，其中谈到："杨柳江孟公菩萨像是雪峰山流域内唯一保存完好的石刻摩崖造像，同溆浦花瑶所信奉的宗教神祇有密切关系。瑶民多在深山老林中塑建'孟公神像'和修建'孟公元帅庙'，以保瑶民平安，故有很高的文物保护价值。"

在 30 年前的调查中我们发现，在油浪溪和沿江而上的烂泥湾、杨柳江、荆竹山村的大山里，世居着奉、卜、沈、刘等瑶民，原县民宗委主任奉锡联就是杨柳江村人，原县组织部部长贺显庆和他同村；出席党的十九大代表的梁金华是烂泥湾人，人民出版社副编审刘仲翔为油浪溪人。

我们到油浪溪看望了我的一个叫米文章的微信好友。米文章 40 来岁，乃道师世家，其父和兄弟还有表兄贺德昆皆师从其祖父为道。米文章的爷爷是六代风水玄学、五代道学传人，均有很深造诣，在当地名望很高。米文章像他的名字一样文艺高雅，不仅长相清秀逸丽，玉树临风，而且爱好文艺、书法，是当地的文艺人。上月北京著名书法家欧阳中石弟子、知名书法家、学者赵连甲先生来沿溪讲学，文章先生闻说后从外地赶回，延请赵先生至其家，盛情款待，并拜为师。听说我们要来，正和父亲、师兄弟们在庵堂打醮的他告假回家等候，他对文化和文化人的尊崇可见一斑。一个家住油浪溪的同学贺兴洲听说我们来了，骑了摩托赶来米家和我们相会。他老实厚道，讷言敏行，别人都去外地打工挣活食，他却窝在山里养"巴马猪"，听他说这种猪原产广西巴马，是一种小型猪，要三年才能出栏，最大只能养到八十斤，肉质细嫩，香甜可口，比野猪肉还好吃。他说现在已发展到 100 多头规模，明年出栏后方见效益。兴洲曾任油浪溪村多年的村主任，现油浪溪和白玉村并村，他还担任村委干部。他邀请我们去他家做客，可米文章早已吩咐家人杀鸡杀鸭，我就说今晚还要去中都，时间紧，等下去你家看看，待明年你的猪见收时我约同学们来你家聚会，共享小香猪大餐。

米文章告诉我们说，附近有座城隍庙，马上引起了我们的兴趣，都想一睹为快。城隍庙在油浪溪与烂泥湾之间路边的一个小山包上，一栋四枋三间的破木屋的堂屋里，另建一木质结构庙宇，形成屋中有屋的奇观。庙宇为立体复式结构，下为柜式壁橱，可存放香油、檀香或其他祭祀用品；上置一立体复式佛龛，当中空膛可安放城隍塑像，只是塑像已失。两边各有双柱并夹阴刻楹联，上联竖匾已失，下联文字是"吉凶祸福非神降孽由自作"。佛龛正上方横置一匾，上书"代天宣化"四字，匾上斜檐彩绘有龙凤交尾图案。再看字匾两旁方面吊檐上各彩绘金凤朝阳图案，有凤无龙，据此可猜测建造年代应为女性掌权时代。另观字匾下脚里面天顶上彩绘一圆形太极图，此图也与一般太极图不同，以腹部互连的反向金童玉女替代传统的双鱼图。这种图案历代尚未出现过，可见绘图者独具匠心，别出一格。整个佛龛精雕细刻，玲珑剔透，小巧美观。绘画着色艳丽，意蕴丰富。据当地老人讲，该城隍庙年代久远，可能为唐代所建，我们对考古很业余，到底修建于何年代，还有待专家考证。据说，在离此不远的烂泥湾村，过去曾设有"存景司"，就是专门用来宣判死刑犯人的机构。死刑犯人离世，留下对人世美好的记忆，"存景司"名字大概就是这意思。被宣判后的死犯，要押到城隍庙去拜庙，然后押去河边砍头。这些残存于乡野的传说难免有些凄惶，可在这远离县城百多里的大山里为何竟设置了煞气很重的机构？我想，也许正因为远离县衙，地方山民执拗不驯，不服教化，统治者为强化地方管理，才设置了"存景司"这样的法务派出机构吧！

　　在烂泥湾村的一户人家家里至今还保存有清代的焚字炉。此炉为方形，以青石围建一炉膛，用来焚毁写过字的纸。炉面为整石雕刻，炉门上雕刻一花瓶，瓶中刻有兰花；炉膛正上方阳刻"焚字炉"三字，炉膛两边阳刻一对联："片文天地理，只字圣贤心。"焚字炉真正的意义在于人们敬惜字纸的意识。为了尊重书中的知识，尊重汉字，崇尚读书，避免人们将写过字的纸或者读完的书随意丢弃，更有甚者拿去上厕所，所以修建了焚字炉，宁可烧掉也不能让书、汉字、知识受到亵渎。在中国崇拜文字的思想由来已久，但敬惜字纸，设立焚字炉的习惯是清朝以来才形成的。受文字崇拜思想的影响，同时也为了表示对文化知识的尊重,清朝早期,文化人提出了许多不能污损字纸的规矩,说是用过的字纸只能集中起来放在焚字炉里烧掉,随意处理字纸会遭到不好的报应。据说学生如果不敬惜字纸,不管你怎样刻苦都记不住学习的内容,科举考试也不能得中。普通百姓如果不敬惜字纸,子弟就没有读书的机会,家族也不可能培养出杰出的人才。从那时候起,中国的官厅、学校大都建起了焚字炉。学校的教室里还有设置字纸篓的规定。中国各地的焚字炉的样式各不相同,有的做成房屋形,有的做成亭子形,有的做成佛塔形,有的做成葫芦形,逐渐艺术化而成为一种建筑形式。但是基本构造是前面有口,供放入字纸用;后面的上部有洞,是出烟的地方。

几年前,从新闻报道中得知长沙望城发现了一座焚字炉。那时我想,望城在唐代曾出过大书法家欧阳询,文化底蕴深厚,肯定有很多字纸要焚化。没想到若干年后在我的家乡溆浦也发现了焚字炉,暗为家乡人敬重文化和文字,并能体现地方深厚文化底蕴而感到自豪。至于在烂泥湾发现的焚字炉具体建于何年,建于何处,谁人所建均需进一步考证。

在烂泥湾采访时,我们参观了设在这里的敬老院。敬老院是前些年才修建的一栋华丽砖瓦房,窗明几净,环境幽雅,这里住了18位老人,他们正坐在走廊上闲聊。一位老人见到我们,端出一盆梨子来给我们吃。我们吃在嘴里甜在心里,感受老人在政府和社会的关爱下,享受着老有所养的幸福晚年。在屋档头的花圃里,见一位戴草帽的民工正在给花树剪枝,我细一看,原来是老熟人、原沿溪乡政府干部刘桂庭。米文章介绍说,他从乡政府退休后,又被村民选为烂泥湾村支部书记,兼乡敬老院院长。刘书记也一下认出了我,见我们头发皆白,感叹韶华流逝,岁月不饶人。他笑说,想当初我们一起穿草鞋进城搞土地革命,一转眼就是30多年了。他说的"进城搞土地革命",实则是当时根据县政府安排,调配乡干部对县城自建住房占地进行清理。刘书记带我们参观了新修不久的村小学,小学为两层砖房,豪华靓丽,据说是在外做房地产生意的邓辉老板为反哺社会、报效故里而投资所建。

热情好客是山里人的天性,有道是"去城市里把肩膀几啪几啪,去山里杀鸡杀鸭",可见其区别。晚餐时,米文章邀请了他姐夫、乡干部向荣华和烂泥湾村刘书记一同赴宴。刘书记见在座的都是文人,当然不会放过这样的好机会。当我们说起城隍庙是很有价值的文物,值得地方有识之士重视并加以保护时,他说你们文人今天去看了城隍庙,请你们帮助把那一边缺失的对联补出来。听他这一说,我们几人马上抓耳挠腮,皱额锁眉思考起那对联来,有的马上打开手机百度查询,却无功而返。兴平君续了一联,又觉对仗欠工。乘他们边吃边聊时,我思考有倾,终于想出下联:"贫富贵贱岂命造善从心来!"众人听了,与上联"吉凶祸福非神降孽由自作"对照,都说要得。刘书记夹起菜碗里的鸭老壳放到我碗里说,你对联对得好,敬你当"鸭头"。我赶忙将鸭头奉回说,年纪大了,呷不动了,这"鸭头"还是你们去做。

沿溪过去是溆浦通往隆回和新化的交通要道,这里山高林密,瑶汉杂居,隐藏很多的神秘文化。旧时有"存景司"震慑邪恶,有孟公菩萨、城隍庙"代天宣化",有焚字炉可以佐证人文蔚起,有世传道家施教于民,故而千百年来,此地人敬重和崇尚文化,品行端正,为人正直厚道,鲜有为非作歹、作奸犯科和违法乱纪者。故为学者锲而不舍,学术超群;为政者洁身自好,作风正派,政绩突出,所以贤良辈出,能人不断。

金秋白玉一新月

　　也许与白玉村有缘,因为调查和挖掘沿溪乡对马江、明末清初农民起义领袖李自成部下牛万才之大将贺元魁的史实,回来时转到太阳山中的白玉村歇宿。白玉村属于溆浦县沿溪乡,过去叫白土,因田土下埋藏着丰富的白土而得名,位于海拔为1594米的太阳山半山上,是一个高山平地村落。太阳山像一把靠椅,白玉村就处于靠椅的凳面上,面积1.6万平方米,居住着贺、罗、张、刘、米等姓村民千余号人。我去年在罗炎生的陪同下曾来过,并写过有关白玉村的文章,这次偷懒不想动笔。陪我同行的罗孝青告诉我说,在村后山上有块大石头,像将军一样站在山上守护着村落,称"将军岩",要我去看看。我望一眼半天云中的山梁说,不去算了。

　　罗孝青的家在下白玉的山脚下,是一座四合院,背倚魏巍青山,前临淙淙溪流和绿意盎然的稻田。木屋做工精细,用桐油刷过,红中泛黄。阶沿上铺着石匠精心打造的青石板,上面雕刻有九州八卦花纹。打开院落大门,两只母鸡亲热地前来迎接,围着他"咯咯咯"的叫,欢喜不已。罗孝青告诉我,晚上"笔杆子"请客。我心头一震,在这白云缠绕的高山上竟有人被称为"笔杆子",藏龙卧虎啊!他介绍说,"笔杆子"叫罗碧青,诨名叫"碧杆子"。

我们沿屋前溪流行走，但见四周青山耸立，木房麋集；山中的玉米地里，尺多长的玉米棒子垂着黑须，露出一排金黄的玉米粒，似咧嘴朝我们微笑。溪流两边，正拔节抽穗的水稻呈现一片绿色的海洋，秋风送爽，绿浪滚滚。在上白玉和下白玉之间的水口山上，前年集资修建了一座连接东西两山的凉亭。站于亭中，两旁古木繁茂，岸芷汀兰，馨香馥郁；前后曲水流觞，小桥卧溪，芭蕉伫立，这不就是王羲之笔下美轮美奂的兰亭吗？我惊异白玉人深厚的文化底蕴，竟能截取历史的彩霓定格于太阳山中的仙居之地。走在村道上，既干净又爽利，微风轻抚，游目骋怀，舒心惬意。

走到上白玉尾部，见一户码着几堆新锯木头的人家，走出个60来岁很精神的汉子迎接我们，原来他就是"碧杆子"。走进屋时，对弹琴吹唱颇感兴趣的我一眼瞥见横屋里摆放一架电子琴，问你家有电子琴，是你小孩弹琴？"碧杆子"说，是我自己，没事时韵下味。我对他油然而生敬意，心想他还真是个"笔杆子"。吃饭时，他告诉我们，最近又接了单生意，和广州一家公司签订了合约，以八十元的单价制作一千个木框货物底架。罗孝青说赚头蛮大呀！"碧杆子"自豪说，没钱赚我会干吗？我思忖，这里从前是经济落后的边远山村，随着互联网的开通，山里人将触角伸到了大江南北，和大城市的人做起了生意，让人刮目相看。我试探地问：你会弹电子琴，也会拉二胡吗？我常和家住此地、在中都乡教书的罗锦清老师交流二胡、笛子，罗老师的二胡水平不错，目前在中都乡可能是二胡拉得最好的。受他的感染，我有时白天在家也摇一下"茅厕门"，晚上不玩，怕谁家闹鬼说是我逗来的。"碧杆子"轻描淡写说，二胡也拉，有时自娱自乐一下。我又试探说，你们这里的罗锦清老师二胡拉得好哩！"碧杆子"说，罗锦清是我徒弟，他拉二胡是我启蒙的，那时他父亲和他爷爷要我教他二胡，每次给我几张粮票当师傅钱。我听了哑然，本想和他交流一下二胡，看来耍大刀耍到关夫子门前了，白玉村还真是藏龙卧虎啊！

回来的路上，有几个村民见我用手机在拍老红军贺方冬故居的相片，便像麻雀子落竹园，七嘴八舌聊起了贺方冬参加红军和回乡省亲的一些往事。住在故居的贺方冬的堂孙贺达忠说，贺方冬在家时以挖葛为生，他那挖葛的锄头有七、八斤重，锄头把上因为长期手握，被抓出了个凹槽。1935年冬红军从上畲经过白玉、烂泥湾、老鹰坡去隆回时，正在山里砍柴的贺方冬加入了红军队伍，此后爬雪山、过草地，南征百战，九死一生，直到1976年7月带着大儿子回乡省亲。贺方冬回家时晚上和贺达肿睡一床，贺方冬睡一头，他儿子和贺达忠睡一头，睡在床上贺方冬还向贺达忠打听家乡的一些情况。当年的老支书、80多岁的罗孝祥走过来说，贺方冬回来住了一个星期，还请他到村小学上过课，给学生讲红军长征的故事。我也把自己去年采访家住两丫坪、年近八旬的刘光华老人得到的情况说给他们听，刘老是当时贺方冬回乡的见证人。后来应区委领导之请，贺方冬还到两丫坪中学上过课。当时的高中学生、家住提高村的王书生记忆犹新，常和乡里人说起老红军给他们上课的事。他说老红军曾给毛主席牵过马，还说有次行军中，一个连的人都看到前面有个背柴的老汉，就他一个人没看见。后来晚上宿营时被敌军偷袭，只他一人从战友尸体里爬出来，其余人全部牺牲。贺方冬的表侄田碧水说，那时红军从白玉路过，他父亲田定海和贺方成去给红军挑子弹。走到黄土坎下面时，贺方成说肚子痛，田定海就接过贺方成的担子一起挑上，一个人挑双担。红军队伍生活艰难，因为添了人，在芦茅坪吃饭时少了碗筷，田定海在别人楼板底下捡得半边擂钵盛饭应付了一顿。后来到了隆回，田定海见红军要打仗就跑回来了，可贺方冬就那么随红军走了。

　　大家一说起红军经过白玉以及贺方冬参加红军就滔滔不绝，但令白玉人理解不透的是贺方冬和大儿子在1976年回乡后再也没回来过，不知他是否还健在?家人怎样?大家商量，准备等农闲时去陕西探访一下。晚上，因我穿得单薄，闲聊时寒意袭来，浑身簌簌发抖，又不便声张，怕麻烦别人，只好咬牙硬挺。暗想，时序还是农历六月下旬，刚立秋三天，城里人被高温烤得出油，叫苦不迭，晚上没开空调就睡不着，怎么白玉这里就进入了初冬，害得我脚弹琵琶手筛糠呢？我借口累了，早早缩进了被窝里。

翌日凌晨5点，天刚蒙蒙亮，我一觉醒来了无睡意，起床后见罗孝青夫妇早已在厨房忙碌，准备早餐。我提出要去"将军岩"看看。罗孝青说，睡一晚想通啦？我说到了宝山岂能空手而归？他笑说，还有个叫"龙口岩"的地方也值得一看，过去连水东人都知道我们白玉的龙口岩有多少颗牙齿。他随即叫来一个叫张家岇的后生，让他骑了摩托载我去。

龙口岩在从沿溪到白玉的古道旁，山中斜伸出两块十来米长的巨石，活像龙口，当中伸出一块稍短的石板，上横一块石头，就像是龙舌和舌头上一块即将吞下肚去的猎物。龙舌的根部，有一线白色的花岗岩，形似龙牙。我惊叹大自然的鬼斧神工，为白玉村奉献了一座天然去矫饰的雕塑。张家岇说，过去有个宝庆的地理先生，沿龙脉循到这里，见了龙口岩先是惊叹，后见前面高山阻隔，顿时气绝身亡。当地人将其收殓，葬于附近山上。

将军岩在上白玉后面山梁上，掩映在树林里。我和张家岇沿林场的林道线来到这里，见到了5米来高的那座巨石。巨石真像一位身材魁梧、身体微倾的将军，俯视着山下生机盎然的村落，佑护着一方生灵。在将军岩上面不远处，还有一座"犀牛岩"，像是一头尾朝山后印坪，头向白玉的犀牛。有人说是"吃在白玉，屙在印坪"，埋怨犀牛吃里爬外。但境由心造，话由人说，也可解读为：山下的白玉村山环水绕，中间宽两头窄，恰似半月，而且气象万千，美妙动人，这不正应了古之犀牛望月之说吗？

站在山头鸟瞰，白玉村还真像一勾新月。上、下白玉宽阔的稻田绿意葱茏，像月亮里光洁的镜面，中间的凉亭和附近的山头相融，以及近旁相连的民房，彷如月中传说里的仙桂和抱着玉兔的嫦娥，给人无限美好的遐想。"明月松间照，清泉石上流"，古之诗人颇费笔墨，写月绝句甚多。李白、杜甫、白居易都有吟咏佳作；唐代诗人王建在《十五夜望月》中写道："中庭地白树栖鸦，冷露无声湿桂花。今夜月明人尽望，不知秋思落谁家？"自古至今，人们借月抒怀，说明月亮是美好的精神家园。

　　迈过扶贫攻坚的门槛，即将实施乡村振兴战略目标。勤劳勇敢的白玉人对家乡怀着深厚的感情，以远见卓识的眼光和聪敏睿智的才能一直在进行着美丽家乡的建设。村中花园式的庭院，公园般的山水美景以及村中的凉亭、道旁的格桑花都是他们精心设计和打造的。他们没有等、靠外部力量的支持，而是以无私奉献的精神，有份能力发分光，为美丽家乡的建设无怨无悔地付出着。据村书记罗润生介绍，2002年集全村之力，全民上阵，出工出钱修建了从洞溪到白玉的公路；时任村主任罗孝海个人出资6万余元修建了从油浪溪到白玉2.5公里长、3.5米宽的简易公路；2008年其弟罗孝青个人出资将这条路扩宽到4.5米，并出资5万元，联合贺达钦、贺达生、贺达庚一起投入10多万元修通了从白玉到山后印坪的简易公路。罗孝青还由个人垫资，修建了从白玉经过米家到五里江林场的9公里长、4.5米宽的简易公路；联合罗铁桥、罗润生完成了白玉村250米长的风光带填方工程。前年，以罗铁桥为主、全村人集资修建了风光凉亭。正因为有这么多白玉有识之士出钱出力，献计献策，才有了今天白玉村美丽的一弯新月！

探源长坪村

众所周知，雪峰山是资水与沅水的分界线。发源于雪峰山的长坪河流入两丫坪河后注入溆水，再汇入沅水。也就是说，长坪河是溆水支流的源头，也是沅水支流的源头。7月中旬，我应长坪村委之邀，和溆浦、新化两地的民间文艺家做客长坪村，有幸一探溆水支流之源。

长坪村是一个高山村落，真应了杜牧的诗"远上寒山石径斜，白云生处有人家"。背倚大山的长坪村北面山后是陶金坪乡椒坪村，东边山后是新化县上团村，东南山上是高坪瑶寨村，南边山下是沙溪村，西边为两丫坪镇王排村。从中都乡政府所在地沿盘山公路而上，骑摩托不过40分钟即可到达。

长坪村有一大一小两条峡谷，长坪河位于大峡谷里，发源于东北山上的娘娘坪及附近的桃树湾组。娘娘坪是长坪村与新化县交界的一个大山垭，呈一片瓦形，平缓的底部面积宽达200亩；两面斜山坡面积近千亩，处于海拔1000多米的高山之巅，遍地灌木，荒草高过人头，看起来视野宽阔，似乎来到了一座辽阔的大草原上。娘娘坪像一根扁担，一头挑着溆浦长坪村，另一头挑着新化上团村，是溆浦通往新化的交通要道。过去这里曾是土匪"关羊"的地方,只要将两头一堵,中间无处藏身,路人乖乖就范交出财物以保性命。在靠近溆浦一端有一水塘,过去曾用以灌溉农田,后来山上农田被废,水塘不再蓄水,长了密密的树木。水塘以下,娟娟水流成溪,这便是长坪河之源头。在娘娘坪西北方向,有一高山村落,称为"桃树湾",有溪水潺潺而下汇入长坪河。

在村东山上有个叫"天湖塘"的山垭,这山上是万亩野生杜鹃花基地,每年花开时节,花红似火,绵延成海,蔚为壮观。按照"分水为界"的说法,山上杜鹃属于新化和溆浦两地共有。今年五月山顶杜鹃花开,新化上团、溆浦长坪两村干部及奉家镇、两丫坪镇的民间文艺家、驴友齐集此地观景赏花;娄底民间文艺家协会和岩板村委还在此举办了首届文化旅游艺术节,并进行了"倡导绿色生活,观赏野生杜鹃"百人签名和齐唱红歌活动,场面十分热闹。听新化县中峒梅山演艺团秘书邹炳文说,摄影记者带着航拍机到山顶摄像,拍摄到山顶茂密的杜鹃花面积达 8500 多亩,加上花期稍迟的区域足有万亩。这是新化、溆浦两县发现的新景点,是游客观赏杜鹃花的好地方。新化岩板村先入一步修建了简易公路,从新化来的游客可开车直达山上,步行不远即到景点。现两村正商议联手打造万亩杜鹃花旅游基地,并做好相关附属建设。

离天湖塘不远的东南方向有个叫"玉皇殿"的地方,过去曾有寺庙,后被毁。在天湖塘和玉皇殿之间的西边山下,有一山谷叫"正几冲",一条发源于山中的小溪流经正几冲在长坪村村部附近汇入长坪河,这是长坪河的第二条支流;在玉皇殿东南边山下,有一溪流经"石儿洞"和"扇门洞"汇入长坪河,这是长坪河的第三条支流。在长坪村西北的沙垴坳和九锅垴山下还有一条溪流,发源于岩屋冲组,流经竹林江后在王排村的桥头江汇入长坪河。

长坪河这四条支流都是发源之水,是户外探胜的好去处。河水清澈亮丽,像情人的眼睛;水中砂石干净明朗,灿如繁星。溪流弯弯绕绕,飞瀑密布。瀑布似银河飘然而下,声如雷鸣,珠玉四溅,水雾笼罩;潭水和瀑布相映,青山与黑崖为伴,疑似一副声画结合、震撼视听的立体山水画。置身其中,赏心悦目,忧烦顿失,宠辱皆忘。溪谷中岸芷汀兰,荆棘绕崖,沿着溪流攀缘而上,总能收获到一些意外的惊喜,或为溪畔令人垂涎的野果、灌木丛中价值不菲的灵芝仙草;或为岩缝里大如手掌、摇唇鼓舌的石蛙,水中张牙舞爪、横行霸道的螃蟹等。

我们在扇门洞探险时被巧夺天工的石拱门惊住了,石门为两座大石山交错而成,古时仅能容一轿而过。石门里面,山崖夹峙,隐天蔽日,行数十步,豁然开朗,天宽地阔,有良田美池桑竹相伴,鸡犬鹅鸭相闻,屋舍俨然,绿树如烟,这不就是陶渊明笔下的桃花源吗?我先天曾游览新化县奉家镇古桃花源村,该村经多年打造现在古朴自然,风光旖旎,与陶公所述桃花源确有几分神似,但总觉少了点什么。我特别注意了下来自该桃花源村的朋友邹炳文先生的表情,只见他惊讶得目瞪口呆,沿着洞门转来转去,爱不释手。他煞是羡慕地说,这洞门要是生在我们那就好了!长坪村主任贺显求大方地说,你就把它搬去吧!老邹遗憾地说,老天很公平,好风景不会让一个地方独享。

在竹林江河源头岩屋冲背后山上,有个叫"九锅垴"的地方,主峰由九个大小一致的山头组成,像倒扣的 9 个铁锅,故名九锅垴。山下依次还有几十个形状相同的山峰,据说共有 99 个山峰。听说有人好奇去数了下,数来数去只数得 98 个,原来自己脚踩的那个山峰没数。九锅垴是神奇的迷宫,陌生人进入其中的峡谷里,几天几夜也绕不出来。今年三月,我曾亲临其境,结果绕来绕去搞得晕头转向,幸好山顶建了一座风向塔,爬上铁塔才辨别方位走出迷阵。

长坪村海拔位置高,山中空气清新,负氧离子多,进入此地,令人头脑清新,呼吸舒畅爽快,是健康养生的好场所。

长坪河的水来源于山泉,是雨水渗透于地下,再从石缝中流出的,水带有很重的植物碱性,是防病驱病的玉液琼浆。常喝此水,心明眼亮,百病不侵。因为河水干净没有污染,从河里捞上来的鱼嫩子吃起来有芝兰之香,让你感觉出源头河里的鱼就是不一样。

几年前,中都垄里的袁老板看中了长坪河与它的落差,集资几百万在下游修建了水电站。心怀仁爱的他为了让远离水源的三个组的农田得到灌溉,自愿将电站水渠绕行经过干旱区,以电养水,解决了村民灌溉用水的困难。可这4公里长的水渠,每年要投入10多万元的补损、修缮和维护费,发电机一年转到头所得利润几乎都耗在了水渠上。尽管如此,他毫无怨言,看到从前干旱的稻田如今丰收,他由衷地感到欣慰,我们应该为这样不计个人得失而重群众利益的个体老板点赞。

世居大山的长坪人勤劳能干,淳厚善良,靠山吃山,他们多以渔猎、烧炭为生,兼种水稻和药材。 俗话说"高山出鹞子",长坪村人杰地灵,不乏能人志士。曾闻晚清时有夏友开、夏友会二兄弟,皆为大力士,一个能抱,一个擅扛,吃糍粑要吃一碓坎。他们租种别人家的田,主家打发枪兵来收欠租。枪兵看到夏友开正好犁完田在河边洗完犁耙工具后,又一手搂着牛到河边给牛洗脚,然后一手搂牛一手扛犁涉水过河。那枪兵见了,屁都不敢放就打转身了。夏友会肩上功夫了得,听说他一个人扛一副空棺材去桥江亲戚家,路过江东时,看到有人在劈柴,就想自己正好要去桥江场坪,何不顺便带点柴去卖? 就把棺材里塞满了柴,然后扛起棺材就走,那些劈柴的不敢吭半句声。

长坪村山美水美人更美,因为喝的是源头水,吹的是山里风,吃的是自产粮,姑娘小伙长得像豆荚芉一样,身材高挑,帅气漂亮,秀色可餐。

雪峰山上一迷宫

溆浦县境内的沙垴坳是雪峰山中段一次级山峰,海拔 1300 余米,位于紫荆山东南,坐落于三个乡镇之间,居两丫坪镇王排村东北、中都乡长坪村西北、淘金坪乡椒坪村东南部。尽管与雪峰山主要山峰相比它不算什么,但不管风霜雨雪,寒来暑往,它巍然屹立,向世人展现其挺拔、伟岸的形象。"沙垴坳"之称呼鲜见于文字记载,但山下人都这么称呼它,也很崇拜它,每天仰视它的存在。听家乡人说,在沙垴坳顶峰四方山东北边有个叫九锅垴的地方,有九个大小一致的山峰,像倒扣的九个铁锅。陌生人一旦进入其中就像喝了迷魂汤,几天几夜也钻不出来。在家门前摆有这么一个迷魂阵,不去看看真负了上天的美意,便约了王排村村干部覃达银、中都垅里的朱医生上山去看看。

听达银说,去九锅垴得安排两天时间。一是路程远,二是山高林密地方宽,穿行十分吃力。为了节约路上时间,我们选择公路离九锅垴最近的路线——从中都乡坐摩托上长坪村,再上竹林江组,再登岩落冲。这四个地方好比是登天的四架楼梯,一级比一级高,坐在摩托上就有一种坐火箭的感觉,越往上离天越近。

漫山遍野的寡婆子花灿烂得一塌糊涂,山下轻雾弥漫,天高地迥，白云悠悠，香风阵阵，顿觉神清气爽，舒心悦目。朱医生的摩托已步入老年，超负荷驮载着三个大坯子男人，上坡时如老牛负重，轰声如雷，只见屁股冒烟，轮胎磨得路上的石头变粉。遇到陡坡时，朱医生很不好意思地回头说，还得麻烦你俩下来走一下！好不容易骑行到岩落冲这个高山村落，几人方才舒了口气。把摩托丢在路边，举目四望，只见巉岩料峭，森然如铁，方觉"岩落冲"这一地名叫得响亮。

几栋矮沓沓的木房匍匐于山坡上，青瓦朽木已有些年头。我们的目光游弋于关门闭户的木房中，努力寻找人烟的痕迹，终于发现上面那栋木屋旁插有一面红旗；下面那栋木屋外的竹竿上晾有成人的衣服，说明这里有生命存在。来到晾有衣服的屋前仔细一看，见一个50来岁的汉子正在屋下的岩窠里锄洋芋草。汉子抬头惊疑地看一眼我们，放下锄头走了上来。

汉子叫米长金，他说这里是一个村民小组，原本有五栋木房的，因山高路远，有户姓刘的人家搬到山下的长坪村了；全组人都外出打工，只有他舍不得老屋场，留下种地守村。我们问山坡上插一面红旗是何意？他说是堂弟米长堂弄的，他是养牛专业户，养有十多头牛，全部散养在山里。"他去镇上陪老婆开店了，吩咐我照看好红旗，不能让红旗倒下。我也不晓得什么意思，只是每天看到红旗，心里就不孤独和害怕。"听米长会这么一说，我们似有所悟。在这荒山野村，红旗就像一团火焰，温暖守村人孤寂的心房，伴他度过荒凉的岁月。在那个住在镇上的养牛人米长堂看来，红旗就是一种信念，一种希望，红旗不倒，荒村永在，梦想永在。

米长金问，你们来干嘛？我们说想去九锅塆看看，问他去九锅塆还有多远？他说从这里上去大概三里路就到了长乐坊林场，再上去就是九锅塆了。"这上面还有林场？"我问。米长会说原来有过林场，记得林场每年打狗，都要请我们队上人吃狗肉。"你听说过九锅垴有什么传闻吗?"我问。米长会笑了下说:"也没什么传闻,只听到老辈人讲九锅垴的山头多,有 99 个山头,有人专门去数一下,结果数来数去只数得 98 个山头,原来自己脚踩的那个山头没数。"听他这么一说,我疑窦顿生,不是说九锅垴有九个山头吗? 怎么变成九十九个了? 米长会说,到底有多少个山头我也不清楚,你们去看看就晓得了的。他递给我们两把茅镰刀说,山里路不通了,全是刺蓬窠,要薅一下才能走。

别了米长金,沿羊肠小道一路前行,看到被枯枝烂叶覆盖的路上除了牛踩过的痕迹,就是自由伸展的藤萝与荆棘,我们边走边用刀撩砍拦路的树枝和刺藤。听达银说,这荒山里的三里路要当五里路走,此话不假。来到一个长满灌木和丝茅草的荒坪时,我们已经气喘如牛,说话断断续续。达银说,这里就是长乐坊林场住地。

在我的印象里,长乐坊属于原来的马田坪乡,是县城城郊的一个村,村民大都以种菜为生,他们经济活跃,怎么在离家百里外的大山里设有林场?达银说,那时刚经历过大跃进、大饥饿的苦日子,公共食堂解散,政府号召"向荒山要粮",在沙垇坳环山挖一条林道线,林道线以上作为农垦区,人平耕地面积少的村都可分得一片荒山,由村里派人去垦荒。沙垇坳四周被划成了十多个村级林场,每个林场都建了木房,一般都有十多个守场人。守场人把荒山放一把火,头两年种粟,后来种苞谷、高粱,再后来出了杂交水稻,温饱问题基本解决后就栽树。栽树以后守场人逐渐减少,直到全部撤走。人走了,房子也卖了,就留下了这么一个荒草坪。我看到荒坪边上的一块大石头上有个圆形的枯叶堆,用手扒开一看,竟然是一个石碓。用水冲洗干净,看到碓坎里面的刻纹清晰如新。"折戟沉沙铁未销,自将磨洗认前朝。"在这荒无人烟的大山里,看着青石碓坎,我不禁想起了杜牧的诗。

记起米长金的话,从长乐坊林场上去就是九锅垴。林场的屋场坪和后面的几丘废弃的梯田处在一个陡峭的峡谷内，峡谷两边各有两个山头，抬头能望到山顶；山上灌木纵横，荒草萋萋，到处有野猪拱开的新土。峡谷上面有一山阻隔，来到山脚，左右再现两个峡谷。正疑惑该走哪边，达银说随便走，往上走不会错，总会到达山顶。我们选择了左边的峡谷继续上行。沿山脚穿行不远，又见两个峡谷，左边的平缓，右边的仍是斜坡，我们走右边上行的峡谷。接二连三，沿山脚走了无数道弯弯绕绕的峡谷，感觉峡谷越来越多，只是比原来平缓了些。走了两个多小时后，发现眼前有砍断的新鲜树枝和刺条，这意味着又走在了原先走过的路上。可怕的事情出现了，我的心头一紧，一种恐惧感袭上心头。举目四望，见四周不过四五座山，每座山的大小、高度、形状以及生长的灌木和荒草都差不多。继续行走，到处看到的还是一样。

时间已是下午四点多钟，我们四顾茫然，不知方位何在。心想这大山里除了野猪是否还有老虎、豹子和毒蛇？恐惧引发心慌，后悔当初探山的决定。达银说，我们爬到山顶上看看，应该能找到出口。他带我们钻过山下的灌木林，爬了半个多小时来到山上的茅草窠里。扒开茅草朝四周一望，只见到处都是一座座少女乳房一样圆润的山峰。除了能看到头顶的蓝天和身边那比人还高的茅草外，就是稀稀落落的几棵矮松，浑然不见了山下的沟谷。我们还是不能辨别方向，正无计可施时，隐约看到远处一个较高的山头上有个铁架，我们一下振奋起来。

我们再不敢绕山下的峡谷行走，而是直接朝着铁架的方向走；爬过几座山峰，来到铁架边时已经累趴在地。稍事休息，我迫不及待地爬上铁架，急切地想探寻未解的一切。铁架大概50米高，上面装有几个小风向标，估计是用来测风速的。爬到一半时铁架有些晃动，感觉脑壳发晕，心里就有点发麻。我不敢再往上爬，手搭凉棚四下一看，哇！好去处——整个人就像置身于南天门，身下是沟壑纵横、飞绿叠翠、雾霭蒙蒙的锦绣人间。又像是身临一片波澜壮阔的汪洋之中，那连绵起伏的青山像是汹涌澎湃的波涛，由近及远逐渐变小，直到渺无；山间层层叠叠的梯田仿如潋滟迷离的波光；那姹紫嫣红、灿如明霞的野花就是吉光片羽般的点点浪花。这下我终于看清了方位，沙垴坳顶峰四方山就在我的右前方位置，比我们所在的山峰还要高出一个山头。记得上中学时老师带我们来过四方山，在山顶上，老师告诉了我们"站得高看得远"的道理。往东边眺望，看到的是比沙垴坳还高的太阳山以及山下的沿溪乡、中都乡全境所有山峦。在太阳山的北面山中有一片黑黝黝的树林，那地方叫"娘娘坪"，是溆浦、新化两县交界处的交通要道，过去曾是绿林好汉"关羊"的地方，山那边就是新化县的上团乡。东北边是紫金山，山上有前些年建造的一组银白色风能发电塔架，硕大的叶片慢悠悠转着，成了紫金山的新地标。紫金山西南与灶坪山、草籽界、沙垴坳相连，组成一道弧形的"高山墙"，"墙"外依次是新化县的上团乡、溆浦县的中都乡长坪村、两丫坪镇的王排村；"墙"里则是岗东、新田、陶金坪乡和两丫坪乡的一部分。由近及远，可见陶金坪、两丫坪、桐木溪、水东、溆浦县城、思蒙、桥江尽收眼底。回过头来看脚下的九锅垴，在一片扇形的坡地里竟然布满了大小一样的上百个小山头群，面积足有几百亩。一眼望过去，可以看到近处的整座山头和沟谷，远一点的就只能看到乌泱泱的山头。我屏息静气，努力想数一下到底有多少个山头，可就像面对一群数目众多的鸭子却无法数清具体有多少只一样徒劳无功，当地人所说的 99 个山头应该不是夸张。想想刚才我们在这几十个山头里迂回穿插不得要领，心中仍有些后怕。

　　长时间的高空瞭望让我的体能达到了极限，已经隐隐感觉出身疲力竭双腿发麻，我恋恋不舍地从铁架上爬了下来。歇了一阵，我们打算去沙垴坳庵堂看看。庵堂在四方山背面的林道线下面，由此下去估计不远。听父老乡亲说，几年前家乡的一位老道士行将就木时就是在这个庵堂里坐化的。老道士为何要选择这个庵堂了却尘缘？移步参拜庵堂，除了猎奇，便想探寻到一点蛛丝马迹。

明知庵堂就在身下山中，但不能直走，因为山太陡无路可走，况且全是灌木和茅草，只好往斜下方走，再转过来就能到达庵堂。

庵堂为什么不建在山顶上？朱医生有些疑惑。我指着庵堂旁一线流过竹笕然后滴落于水凼的清泉说，就是因为它。本来庵堂要建在山顶的，因为没水，只好退而求其次咯，可见水源成了从前庵堂选址的关键。

庵堂没有我想象中的兴旺，前后殿两栋木屋已是残木朽梁，蛛网密结；供奉的十多尊菩萨也许受够了冷无秋烟的寂寞时光，一律的灰头土脸，愁上眉梢；大殿里到处布满着牛脚印和一堆堆黑牛屎。我在心底谴责那些没修养的畜生竟如此暴殄天物，亵渎神灵，可转而一想，那些上界神灵们幸有这些牛魔王的子孙陪伴，方不觉寂寞和无聊。庵堂估计已有千年之久，烟云浮沉，兴衰末期。在家乡父老前辈的记忆里，庵堂曾有过香火旺盛的辉煌过去，这一点可从雕梁画栋的老木屋和古色古香的窗棂中看出，从那精雕细刻的磉墩和屋场岩上得到佐证。庵堂背倚四方山绝顶，了无后顾之忧；前临浩渺无垠的锦绣河川，旷宇千里，日月生辉，星河闪耀，云蒸霞蔚，气象万千。置身其中，天地人合一，吞纳宇宙，万念具无。"昔之得一者，天得一以清，地得一以宁，神得一以灵，谷得一以盈，万物得一以生。"万物生生灭灭，如是而已。我终于悟出了老道士来此坐化的动机，对于古庵的荒颓也一并释然。

几年前椒坪村村民自筹资金将简易公路修到了庵堂，还挑逗性地把公路从庵堂边横向延伸到山后王排村的山梁上。王排人自然不甘落后，接住了抛来的红丝带，把公路连下山去。从庵堂沿这条简易公路拐过山梁走到王排村的漆树湾不过五里路，极大地方便了王排村的善男信女们。

天色已晚，达银要我们就此去王排村落歇。我同意他的安排，可朱医生不干了，他的摩托车还丢在岩落冲。如果从王排村绕道到岩落冲，七弯八拐差不多有十多里路，这可咋办？朱医生决定经九锅垴原路返回。他说他经常在山中采药，常有迷路的时候，但都能找到出路，何况九锅垴他已走了一次，凭记忆再走一次应该没问题。他这一说，也就打消了我们的担忧。我把手中的毛镰刀交给他，要他带给米长会。

和朱医生告别后，我和达银一边走路一边采蕨。没走多远，每人采了一大捆蕨菜。到老书记戴英贵家吃过晚饭，宿于夏家湾达银的岳母家。睡觉前，我拨打朱医生的电话，电话关机，不知道他是否已到家。第二天早上，我还在睡梦中就被电话铃声吵醒。电话是中都学校的罗老师打来的，他问我在哪里，我说在王排山里。他说朱医生一夜未归，大清早他老婆找到他那里去了。我听后哑然，半天不敢出声。要是朱医生有个三长两短，我无法向他的家人交代。心乱如麻的我连早饭都没来得及吃就坐摩托去了两丫坪，然后坐客车往中都赶去。

来到朱医生的诊所前，远远看到他正狼吞虎咽吃面条，我立马放下心来。可细一看，他昨天穿着得好好的衣服怎么变得破衣烂衫，好像被哪个女人家扯烂的一样。看他那副窘迫样，不知他昨晚经历了什么？我有些心虚地走了过去。

朱医生见了我，望着我不好意思地笑了下，又埋头扒了口面条，然后抬头说："王老师，九锅垴的路我知道怎么走了，昨晚我摸索了一夜，终于弄清楚了！"

山奇花美景迷人

2020 年 4 月 28 日,为了宣传溆浦县两丫坪的旅游资源,两丫坪文联下属的文学作者协会邀请了县内曲艺家、作家、诗人、画家及摄影爱好者 10 余人到中都乡长丰村采风。

文艺家们在村主任贺显求的引领下,游览了酷似陶渊明笔下的桃花源石门洞。进入洞中,沿溪而进,只见狭长的盆地内坐落一个民俗村落,一条小溪自木屋中穿过,从石门洞流出。村中鸡鸭成群,鹭飞草长,绿树成荫。溪边堆着砂石和水泥,贺主任介绍说,在扶贫队的帮助下,正组织修建溪流防洪堤。路畔,有小不点的野生樱桃夹生于巴掌大的绿叶中,游人兴趣顿生,攀树采摘试味,然后看到他们脸上有怀疑人生的表情。静观桃李树,正是嫩叶丛生,果子还只小指头那么大,青涩幼嫩,不忍下手。观瀑途中,有一石山挡住去路。我们几个胆大者攀岩而上,但见山顶怪石擎天,道松盘根,下视悬崖峭壁,杜鹃花红;仰观蓝天丽日,白云游弋。耳边溪流低哄,清风徐徐,爽心惬意,只可亲身体验难以言传。石门洞里有五六个瀑布,是难得的瀑布群。中间几个瀑布处于悬崖下,深藏于密林中,本地人都不知晓,直到 2018 年娄底市瀑降爱好者借以航拍才发现。

近年来，长丰村在各级政府和省扶贫队的大力扶助下，修建了新村部、新学校；投入近 500 万元修建了村部附近的防洪堤和梯级河坝，硬化了入组和入户公路，公路两旁栽上了行道树。去年，村里的农业合作社还投资修建了美丽山鸡养殖场，今年将追加投入10 余万元，产品全部销往省城，预估效益将十分可观。长住新疆、年届八旬的知名画家周如坚感慨，家乡再也不是从前的穷山恶水了，是脱贫攻坚和振兴乡村政策让家乡面貌大变样，很欣慰父老乡亲过上了幸福美满的生活。知名词作家、《美丽溆浦》作词张小军看到长丰村的新变化，情不自禁演唱起《家乡的小河》。下午，大家参观了娘娘坪野生杜鹃园。娘娘坪是溆浦与新化县的交界之地，也是交通要道。这里的山垭是一片面积宽阔的大盆地，新中国成立前是土匪出没之地，亦是强盗"关羊"的地方。传说 20 世纪 70 年代，曾有计划在这里修建飞机场。前些年这儿修建了公路，新化那一面在三年前就硬化成水泥路直通到娘娘坪，溆浦这一面也于去年将路面硬化，现在一条县际大路连通溆浦长丰村和新化上团村。随着交通的发展，两县交界地的村民联系更加频繁，友情更加深厚。新化县梅山演艺团团长奉云星听说我们溆浦文艺人士将来娘娘坪山中观赏杜鹃花，带领 10 名名团员，携带音响、乐器设备来到山上准备和溆浦的文艺家们进行艺术交流，没曾想因为石门洞的风景太过迷人，牵绊了时间，我们直到下午两点后才上山，而新化的朋友们因为久候不到返回，一场两县的艺术交流失之交臂。为此，我们内疚不已，欠账暂且记下，留待来日偿还。

在溆、新两县交界的山梁两边，从紫金山到淘金坪乡的草纸界，经娘娘坪到庄坪山顶的天湖塘、玉皇宫，再到太阳山，经娄底市摄影爱好者用航拍机拍照后测算，野生杜鹃花面积超过万亩。这里的高山气候，很适合野生灌木的生长，而杜鹃花树是最抢风头的观赏花木。自 2016 年开始，溆、新两地每年都会在山上的天湖塘举办观赏杜鹃花系列活动。每次活动,都会吸引成千上万的游客参加,将湖南人的父亲山雪峰山吵得沸沸扬扬,热热闹闹。

今年的杜鹃花没有因为疫情的影响而迟到,在四月底五月初如期而至,依旧开得那么热烈、奔放,花团锦簇,绵延成海。鲜红的杜鹃花由浅而浓,以各层次的红色演绎本族的美丽与壮观。在我们流连于花丛中时,有人轻轻哼唱那首著名的红歌《映山红》,"若要盼得哟红军来,岭上开遍哟映山红"。歌声在山中传唱,鲜花在微风里摇曳,似乎在配合打着节拍。据有关史料记载,1935 年 12 月,为了迷惑敌人,红二军团在贺龙、任弼时带领下由溆浦进入新化,造成抢度资水之态,然后调转马头,从新化上团翻过此山,经过中都乡庄坪、上畲和沿溪乡白玉、烂泥湾、黄土坎村,下老鹰坡转战隆回,在鸭田打了一场胜仗。因为有此红色背景,此地的映山红开得更加烂漫,更加引人注目。每当花期到来,几乎每天都有几百上千人来这里观花赏景。当然,除了赏花,更多的是缅怀先烈的丰功伟绩。

叩拜奉家山

我常以雪峰山人自居,其实只不过是个摸象的盲人——雪峰山南起绥宁,横跨邵阳、娄底、怀化、益阳四市,北至益阳县,一路逶迤,绵延千里,犹如一头大象,我走过来看过去都未曾看到它的全部。雪峰山享有得天独厚的地理条件与自然资源,山势南高北低,其主峰苏宝顶海拔1934米,位于洪江市境内,与洞口县毗邻,向北即为溆浦县与隆回县、新化县交界的大山。

七月流火,艳阳高照,我和溆浦县民间文艺家罗锦清老师一同走访雪峰山,沿途山高林密,岩奇壑深,清流淙淙,我们无不为之而痴迷和陶醉。

万亩杜鹃红似火

从溆浦县的庄坪瑶寨走过山梁,不足两里路到了新化县岩板村的分水界组。此地和临近的江禺山是上团河谷之源头,山谷里木房麇集,鸡犬相闻。村口皆有百年古树,两人合围大小,荫翳蔽日,有城隍古庙隐逸其中。

奉家镇中峒梅山演艺团秘书邹炳文和上团旅游开发公司筹

备人田根生、奉光辉带我们上山参观万亩映山红基地。我们沿简易公路上行,沿途磐石突兀,比比皆是,或如飞禽走兽,或如悬棺石屋,像是来到岩石的王国,难怪这地方叫"岩板村"。从公路尽头钻进深山密林,来到一个叫"瑶人湾"的地方,树林里掩映着残垣断墙、舂米的石碓和养猪的岩屋,听老田说这是百年前瑶人居的遗址,瑶人搬去何地不得而知。

上到山顶一个叫"天湖塘"的地方,这里处在两个山头之间的一个山垭上,海拔1300多米。山垭宽阔平坦,中有一小水塘,"天湖塘"由此得名。站在垭口下望,西边山下是溆浦县的长坪村,再过去就是沙垴坳和紫金山。东边山下是新化奉家山,放眼望去,青山如黛,林海茫茫,道路盘旋,木屋重重。奉家山是革命山和英雄山,是红色革命的摇篮——1927年5月24日,在长沙"马日事变"后的第三天,国民党溆浦驻军警备旅旅长陈汉章以劳军为名,将刘绩成、向武九等十九名共产党员残忍杀害,制造了悲惨的"敬日惨案"。因迟到而幸免于难的地下共产党员翟根甲连夜返回两丫坪,组织了一支100多人、60余支枪的游击队上奉家山、老鹰坡等地打游击。反动统治阶级派重兵围剿,游击队员顽强战斗三个多月,终因势单力薄被打散。翟根甲在奉家山被捕,押解长沙。直到1930年7月红三军团攻克长沙时,他才被营救出狱参加红军。他先后担任红军团长、团政委、中华苏维埃共和国临时中央政府秘书等职……1935年12月12日,贺龙、任弼时、关向应率中国工农红军第二军团战略转移至奉家山,部队在此休整后经分水界进入溆浦庄坪、上畬。远眺茫茫奉家山,无不令人热血沸腾,心潮澎湃。

回望天湖塘南北两边山头,皆为矮丛杜鹃树,枝繁叶茂,蓬勃满山。按照"分水为界"的说法,山上杜鹃属于新化和溆浦两地共有。今年五月山顶杜鹃花开,鲜红灿烂的杜鹃花绵延数十里,成为抢眼的一大奇观。新化上团、溆浦长坪两村干部及奉家镇、两丫坪镇的民间文艺家、驴友齐集此地观景赏花;娄底民间文艺家协会和岩板村委还在此举办首届文化旅游艺术节,娄底市政协副主席、民盟娄底市委主席邵瑛,老领导丛树英、陆家康、方翔英等出席艺术节,举行"倡导绿色生活,观赏野生杜鹃"百人签名和齐唱红歌活动,场面十分热闹。听老邹说,市里的摄影记者带着航拍机到山顶摄像,拍摄到山顶茂密的杜鹃花面积达8500多亩,加上花期稍迟的区域足有万亩。试想春日融融,红得似火的杜鹃花连片成海燃遍山头,天上白云悠悠,山上花红叶绿,那场面是何等的靓丽壮观!

山色幽冥藏大雅

从江禹山乘摩托爬到山巅,见有大片人工树林。杉树均有合抱大小,高可凌云。在阴森可怖的林海里,竟深藏着一个50多亩面积的环保水库。这里从前是一片烂泥田,每年多少能收些稻谷,这地方就叫"烂草田",田土责任制后改成了水库。水库恬静安逸,微风轻拂,波光粼粼。听说水库里的鱼已多年未打捞,大的已有10多斤。附近常有人来此垂钓,林场管理员碍于情面,开只眼闭只眼。钓鱼人也很守道德,凭着良心只钓小鱼,钓了大的赶紧放掉。

从烂草田斜行,横过一座山梁,便是一道绵长的大峡谷,两旁是清一色的竹海。风吹山谷,竹浪婆娑,这里是新化县奉家镇月光村。我去年应新化县作家、诗人未满之邀,与溆浦诗人若干等人曾来此采风,邂逅了湖北籍著名诗人汪剑平,和他一起采访了93岁高龄、隐居于此的打虎英雄黄金城老人。黄金城1923年生,21岁师从溆浦猎户贺显继学赶山,25岁参师溆浦虎匠高友才补学射虎和药功,师从溆浦覃达廷、隆回刘定明学堪舆点穴。他一生打死过7只老虎,1956年他用笼子捉了最后一只老虎送到了长沙动物园;86岁时还打了只400斤重的野猪。因为捉老虎的事,他光荣入选1957年"全国群英会"。黄金城身怀九门技艺,也有九个儿女。赶山打猎的技艺,黄家子孙个个都会,儿子黄伟光还是治疗跌打损伤的高手;孙子黄铁戈遗传了家传的尚武之风,不仅武学了得,而且武德堪佳,深得父老乡亲信任,从部队复员后被推举为村主任。

老邹和黄金成是打猎的忘年交,他说,古梅山属于资水流域,是上古时期的九黎部落所在地,部落酋长就是蚩尤。民间按河流上下游和山势高低划分为上峒梅山、中峒梅山和下峒梅山。梅山文化是集游猎捕鱼、农耕放牧、氏族孝道、医术巫傩、堪舆风水等为一体的一种地域文化,有言论与文字传承,涵盖天文、地理、医学、风水以及巫傩掌诀,讲究天地人和。乡里有种说法:上峒梅山高山吹哨筒,围山打猎;中峒梅山深山打伏击,背权(借用字,捕捉野兽的竹木装置)放弩;下峒梅山水上守浮漂,捕虾捞鱼。中峒梅山人亦农亦猎,忙时种田,闲时打猎。黄金成老人不仅是梅山虎匠第一人,而且是体现中峒梅山文化较为全面的"活化石",他的许多课本被复制给了梅山文化研究会。老邹对黄老很敬佩,他说佩服的猎人有两个,一是黄老,一是他师傅。他师傅是神枪手,十步穿杨,弹无虚发,他说有时间带我们去认识下。在江禹山老奉家吃过中饭,我们骑坐摩托沿盘山公路下到谷底,忽遇两江汇合。小江左侧有一枯涧,涧底绿草丰茂。其中有种烂叶草叫"还魂草",是活血通经良药;涧岩参差,高达数丈,跨涧建有风雨廊桥,上有"中峒梅山寺"的白底黑字横匾。远观廊桥,背倚青山,横跨危崖,两旁乌石耸峙,古木杳然。自涧底爬行百级石阶,过廊桥转过涧顶,穿密林上山中,依山建有一寺。寺有东西两殿,东为南岳殿,西为观音殿。两殿相连,朱木青瓦,白檐翘角,气派壮观。寺门有古碑记载,原寺叫"上云寺",乾隆九年(1744)智山住持复修。现在的中峒梅山寺为几年前复修,住持为宏通法师。宏通法师年过五旬,博学多才,阅历丰富,命运坎坷,曾为金融单位员工,后遇婚变。十年前父亲重病,她在佛前许愿,父亲病愈她即皈依佛门。后来父亲病体康复,她以义工身份寄身佛门参禅,于今年五月毅然出家,成了梅山寺的住持。与其小坐,聆听其释禅论道,频现真知灼见,出语不凡,令人醍醐灌顶。

洞天福地桃花源

我早在几年前就听说过长寿村和古桃花源村,听奉云星团长说起这两个村,勾起了我的浓厚兴趣。

长寿村在上、下团村之间一个纺锤形山冲里,原来叫坪溪村,现在和下团古桃花源村合为一个大村。走过由湖南省书法家协会主席鄢福初亲笔书写的"长寿村"村名牌楼,经过山间一座横卧河上的风雨桥,行不多远便到了长寿村。书记奉友富介绍,长寿村500人,80岁以上的老人34人,90岁以上的11人,是名副其实的长寿村。这是一个很干净的村子,尽管房屋层层叠叠,路上群狗相戏,可道路上、河道里看不到肮脏的垃圾,连烟蒂都没有,干净得像水冲洗过的。我问奉书记,村里有几个环卫工?奉书记笑说只有一个。我说一个环卫工搞得这么好,那群众的卫生意识相当高了。奉书记说村里人都很讲卫生,家中不管有无客人都使用公筷。他带我们参观了对面山下一口古井,井水流量很大,从山下咕咕冒出,清澈甘甜。他说古井养育了全村几十代人,他们曾带井水去县里化验,可他们只说这水质好,就是不给检测结果。奉书记还说,村里人一般每天只吃早晚两顿饭,中饭基本不吃,劳作和生活很有规律。听了书记的介绍,我似乎悟到了老人们长寿的秘诀:劳动、生活有规律,卫生习惯良好,加上好山好水好心情,岂能不长寿?

吃过晚饭赶到下团古桃花源村时天色已暗，但见村中各处道路通畅，灯光明亮，木房鳞次栉比。我以为来到了某个小镇上，一问才知这里就是桃花源村。我和罗老师歇宿于老邹家，虽是七月酷暑，这里气温竟然很低。罗老师半夜被冻醒，咳嗽几声后赶紧扯来棉被盖上。第二天早上五点，在此起彼伏的鸡鸣声里，我爬起走到屋外。熹微的晨光中，十多个客店屋檐下仍亮着招牌灯，早起的农夫有的骑摩托出村，有的荷锄上山。我来到村西头山中的观景亭凭栏望去，只见整个村庄笼罩在一片轻雾中，幽暗朦胧，如诗如梦。东方天际出现一抹曙红，太阳一跳一跃冒出山垭，金色的光辉穿过树林越过空间照在翠绿的桃林里，弥漫于村子上空的轻雾慢慢飘走，好似揭开了笼罩在村子上空的神秘面纱，显现了古桃花源村的真面目。但见四周高山巍峨，盆地里"桑池美竹，阡陌纵横，屋舍俨然"，炊烟袅袅，绿树婆娑。就像是上天的刻意安排，恰到好处地将一幅美丽画卷徐徐展现于我的面前。随着太阳步步高升，朦胧的村子逐渐明朗起来。我踯躅村中，看到有人从一栋栋古朴的木屋里走出，有的在河边甬路跑步健身，有的赶着牛羊去山中放牧，有的手持钓竿去河畔垂钓。看到两个外地人拿了相机在桃林里钻来钻去拍照，一问他们原来是从长沙来此度假的。他们说这里山美景幽，气候凉爽，无污染、无噪音，一切都是原生态，是避暑、度假的好地方。

　　早饭后，老邹陪我们来到村中，见马路边有一自由市场，衣服鞋袜、生活用品、肉鱼菜蔬乃至山中土特产应有尽有。穿过杨柳依依的鱼池，我们来到村里的奉氏宗祠。这是一栋有着几百年历史的古建筑，砖木结构，青砖围墙，杉木柱子有合抱大小，主厅高阔气派，装有镂空护门的神龛里供奉着先祖雕像，两边有篆书楹联和横匾，据说是奉姓人的老宗祠，它带给人一种历史的沧桑感和文化的厚重感。在村口，我们走过横于河上的板桥，来到水库北边的小岛上，参观了不亚于五星级大酒店的农家乐。这里背面是清净自然的连绵大山，可随心所欲放飞心情，让洁净清新的空气吹走积郁于心的一切忧愁和烦恼；前临浃浃水库，杨柳垂岸，碧波荡漾，架起木排唱起渔歌，当一回山野放排人。依山傍水，环境幽雅的农家乐，是会议、培训和消暑康养的最佳处所。听老板说，接待客人最多的一次有70多人。

现在很多地方都在炒作旅游，但力不从心，几年后仍是"鸟在老巢叫"，未见动静。可奉家镇却在短短几年内将一个原本默默无闻的村庄打造成了福地洞天，人间仙境。村主任奉向东说，他们依靠的是政府扶持，村委组织和民间力量协助，村里所有人包括在外人员有钱投钱、有力出力、有技术出技术，很快就搞起来了。这就是下团古桃花源的成功模式，给我们提供了很好的经验。看着古朴、恬静、自然而舒适的古桃花源村，我想在不久的将来，三湘大地将会山山皆为上林苑，处处都是桃花源。

南岳日出

　　登山观日出，是文人墨客们梦寐以求的事，但日出时的景观，需要有一定的机缘才能看到。徐霞客、刘白羽登黄山观日出因天不遂人愿而留下遗憾；秦牧、李健吾登泰山观日出，又因"天公不作美"而未能看到日出。我虽不是大家名角，却在五岳之一的南岳山峰顶观日台上亲睹了日出的壮丽。

　　那天，秋高云淡，风和日丽。南岳山上游人如织，川流不息。这天晚上，我因爬了一天的山路累得筋疲力尽，就在南天门找了家小客栈住了下来。小客栈条件简陋，一间通房摆了三架床，住了三对夫妇和我。这里是善天圣地，无须担心乱伦之举，店主也不问你有无身份证，只要有"指尖货"就行。我们几位山客因无条件冲澡，也顾不得黏糊糊的一身臭汗，和衣呼呼大睡。凌晨三点，店老板爬上楼叫醒我们，告诉我们要看日出就赶紧起床。我们不敢怠慢，匆匆起床洗漱。吃过早点后，我们背起行囊钻入有些冷冽的夜色中。借着稀稀零零的星光和麻石阶的清辉拾级而上，看同路人如过江之鲫，争先恐后，急匆匆似乎去金山拣宝，石阶上便弥漫着杂沓的脚步声和笑语声。到了望日台，一下子出现了热闹场面，仿佛是南岳大帝凭借他的神力，在一夜之间把山下四洲十八县的善男信女和好游之人一齐聚来此处,以助神威。山头上灯光斑斓,人声鼎沸,熙熙攘攘,路两边卖油糍粑的生意人生怕人流挤翻摊档,就一手在锅里翻煎,一手托着装有糍粑、麻圆的箩筛高声叫卖。卖热豆腐的小贩挑着桶在人群中挤来挤去。难得一个好日子,单位、学校大放假,红男绿女共此辰。秋天的凌晨又黑又冷,很多有经验的游客都在招待所、客栈租了棉大衣。而大多数少男少女都是第一次来游山,穿得很单薄。但因山顶热闹气氛的渲染,使大家心里都热乎乎的。游客们纷纷选好有利位置,或坐或站,将目光不时地望向远方一片明亮处。

六点半钟左右,沧溟初开,清风徐来,天高地远,脚下群山连绵起伏,晨雾游移,令人荡气回肠,赏心悦目。我们像置身于蓬莱仙岛上,听钟声悠然。一会儿,只见遥远的天际那一片明亮愈来愈宽,就像是一块硕大无朋的黑布被捅开了一个洞,几片阴云被光亮衬得更黑。接着老天爷像故意戏弄人似的,明朗的天边布满了迷迷蒙蒙的浅灰色云霭,颜色由浅及深,融向四周的黑暗。人群中有人担心地叫道:"完了完了,出不来啦!"一股紧张的冷空气顿时袭上心头,但大家仍满怀希望,耐心地等着、候着。四周仍是一片灰暗朦胧,山上秋风压抑,时间似乎凝固了,不知过了多久,像等待了一个漫长的世纪,突然,大荒尽处,在那一片黑云的边上,冒出半边括弧一样的红线来。灰天黑云中出现一道鲜亮的红线,分外醒目。人群中顿时爆出一片惊呼:"噢——出来啦!"欢呼的掌声顿时响彻山巅。那一段红艳艳的弧线在慢慢长大,慢慢向上升展,然后成了个红色的半圆。这一片吉祥的红色,伴随着观众的呼吸与脉搏的震动在跳着、跳着,十分坚定,十分自信。每跳一步,都使人感受到那是生命力在扩张,是希望在酝酿着成熟。

在这一跳一跃中,一轮红彤彤的太阳便圆满地出现在天空。"须臾明霞围万丈,透天照地何熊熊,赤丸跳荡起复落,光焰激射成长虹。"道光年间的内阁中书郭昆焘形象而生动地描述了南岳日出时的景象。"歃血巽铜盘,急出桃花箭。"明末清初的常默隐士却把南岳日出喻为是吸取一口血再喷在铜盘上面。它只是一味地红,没有光芒,红得平和,红得透彻干净,无一丝污物,像经过一夜的磨洗,像出水芙蓉。千呼万唤,它终于出来了。我们终于看到了曾冉冉升起在海涅、屠格涅夫、巴金、刘白羽等作家笔下的旭日,又焕发出新的姿态出现在新的海平面上;我们看到执鞭跃马的羲和正拉着历史的长车从古长城上隆隆碾过,奔向新的世纪;又看到了万千个赤身跣足奋力追日的夸父正昼夜不停刷新纪录;我们还看到了延续中国历史文明的铜鉴孔币、车毂瓦缶。面对这至高无上的旭日,我们炎黄子孙们心中坦然——那沾着血腥的太阳旗原来只不过是它的一个阴影,"日不落"的狂妄也只是过眼烟云。

正当我站在无数先哲曾发思幽情的观日台上浮想联翩时,一位三十来岁的跛脚摄影师身上垮着相机,一手端着相册,一手举着应急灯高一步低一步从人群中挤过来揽生意:"各位游客,照相照相,一分钟照相,在香港回归祖国之后,又逢党的十五大胜利闭幕,在这大好形势下,请各位照一张有历史意义的日出艺术人像照。"他一边说,一边把应急灯光聚在手头的广告相册上。很多人动了心,也顾不得每张相12元钱辣手,纷纷请他拍照。这位摄影师显然是个老手,让你站在游客们让出来的坪边上,叫你张开手掌让他拍照,拍出来的相片上一轮红日就托在你的手心上;他还让红日定格在你的头顶上或者是眼前。他用的是快相机,从相机里取出相片,再用吹风机对着相片吹风加温,相片上就慢慢显出图像来,即拍即取,十分快捷,游客们拿到相片都十分高兴。其时,一位60多岁年纪、戴白色鸭舌帽、穿花格子长夹克衫的独眼老人站在坪边上要照相,摄影师站稳身子问他想照一张什么样的照片,意思问他想把太阳安排在他身边的什么位置。老人用普通话颤声说:"我是从台北来家乡投资搞建设的，能在有生之年在家乡的南岳山顶看到日出真是一大幸事，我们的祖国就像一轮初升的太阳，我要照一张太阳在我心中的照片。""噢——好！"他的话立时引起围观游客们的掌声和欢呼。老人见摄影师似乎有些迟疑，就说："价钱吗，五十还是一百，我出！"摄影商说："拍你这张照片难度很大，不能即拍即取，待我通过艺术加工后再寄给你。难得你有一颗中国心，这张相算我送给你。"老人连连致谢。说着，他取下鸭舌帽丢给他人，然后拢了拢几根稀疏的银发，将有些湿润的独眼望向远方，他那爬满沟沟坎坎的脸上，被太阳的红晕镀上了一层柔和的光泽。

镁光灯一闪一闪后，太阳便发出了耀眼的光芒，此时，天边霞光万道，群山尽染。

养在深闺喜君识

　　文友小肖偕夫人从溆浦县城开着小车跑了 30 公里，慕名来两丫坪乡游览岩鹰屙蛋风景区，要我当向导，盛情难却，只好陪同前往。

　　我们从公路上步行了一公里许，便见在蜿蜒曲折的河流上有一座 200 余米高的石崖直插江心。石崖壁立如削，刀斩斧齐。崖顶有一石似鹰，潜伏于树丛中作屙蛋状，地名"岩鹰屙蛋"由此而得。

　　紧傍岩鹰屙蛋西边是仙山飞瀑。溪水自岩鹰屙蛋崖顶飞流直下，珠玉四溅。飞瀑如一股细纱，由一束而散开，再千丝万缕，再细如游丝，落到崖下却有分量，水沫四散溅开，形成庞大的水雾，反射到崖中。人站到瀑下，顿觉山伟大，水壮观，人矮小。飞瀑之水来于天子堂。天子堂是一个村民小组，呈一个碗形小盆地，有数十户人烟，鸡犬之声相闻，似桃源仙居。这里出产的杨梅以果大汁甜、品种多样而闻名遐迩。

　　飞瀑之下是 1989 年建成投产的岩鹰电站的机房，电站耗资 320 万元，年发电 500 万千瓦。水库两岸青山起伏，草木扶疏。树丛中山花烂漫，争妍斗奇。其时，有老中青数人各自把一根麻竹钓，蹲在草丛中修行。我们沿水库而上，分别游览了狮山、象山、猴儿岩、岩观音和仙人桥等景点。相传，古时龙王江乡出了个草包王龙二王,他要把两丫坪的石头赶到桐木溪乡去修京城,就将石头变成大象和狮子,自己变成猴子沿江而下。行至半路被观音发觉,遂一一被点化为石,定格在河流的两岸。岩观音位于岸北40余丈高的峭壁上,从正面看,峭壁危崖高耸不见观音面,从侧面看,崖檐倒悬,岩松虬立,岩观音身倚悬崖,眼望象山、狮山,显出其空灵、超脱而神秘的仙态。在岩观音脚下曾有一庵,不少善男信女来此烧香许愿求子,后来此庵被当成牛鬼蛇神横扫了。

象山之上有仙人桥,为石块和三和泥砌成,高20米,长10米,宽5米,传说是仙人所修。随着交通工具的发展,公路修到了家门前,石拱桥被淘汰。1976年在石拱桥上修了座水泥石拱桥,名"桥上桥"。如今,两桥相叠,呈现出不同时代人的不同智慧。

"看!螃蟹!"肖夫人惊叫一声,只见小溪中一蟹如掌,正扛着"虎钳"企图捕食小虾,却被小虾逗得晕头转向。这小溪的石罅中和草窠里,到处躲藏着鱼虾、螃蟹和石蛙。"去,捉螃蟹去!"肖夫人的提议,马上得到了我和小肖的首肯。不到半小时,我们收获颇丰,将抓到的螃蟹和石蛙用枝蔓条穿好,竟有五串。在两丫坪河畔的食品厂,我们将猎物炒熟,并以低度酒吞服,直吞得肖夫人"哧哧哧"地笑:"无怪乎,山里人长寿!"

风光旖旎白鹭湖

　　离长沙县高桥镇东 7 公里许,有一个面积达 16 平方公里的大水库,它宛如一面明镜深嵌在青山翠柏之中,这就是被人誉为"十里画廊十里湖"的白鹭湖。

　　白鹭湖水库建于 20 世纪 70 年代末,它由 6 座大堤连锁而成,截断上流云雨。"高峡出平湖",一座迷人的人工湖由此而生,为省府长沙增添了新的旅游景点。

　　有人说岳麓山有山无水,烈士公园有水无山,唯有白鹭湖占尽山水风流,山中有水,水中有山,山水相连,相映成趣。有联曰:"万树松风和鸟转,一湖烟雨簇渔歌""群峦叠翠群峦锁,十里画廊十里湖"。这里湖水绕山,九弯十转,缠绵缱绻。狭窄处游船仅可容身,两旁青山耸峙,古木参天,冷风嗖嗖,阴森可怖;宽敞处纵横十数里,有石塑的牧童斜骑牛背横吹短笛,将民间情乡间韵尽情挥洒,有朱栏画梁的歌楼舞榭,那多情湘女珠圆玉润的歌声惹得山迷水醉。这水,清悠悠如情人的眼睛,潋波粼粼,银光迷离;这湖,既有秦淮古韵,又具漓江之娇媚。携情侣荡小舟,徜徉于灵动的湖水中,会让你的青春之火在这湖水中熊熊燃烧,一切的烦恼忧愁会化为灰烬。山水丽人,桨声欸乃,情酽酽,意绵绵,此等佳境,难得一见。

与湖水相依的是称为"九龙朝圣"的九座山,石峰尖、玉皇山、三尖灵、龙头尖、赤马殿等九重山头自远处奔赴而来,各自奇峰耸立,紫气氤氲,却又脉脉相连,矫若游龙。"龙头"之上或有寺庙傍崖而立,或有参天古木童童如车盖。从远看,白鹭湖就像一颗硕大的夜明珠,让这九龙拱卫嬉戏,好一幅"九龙戏珠"图,真乃天造地设,人间奇景。九龙山上有寺庵庙宇数座,其中尤以紫竹山佛寺最为著名。该寺位于玉皇山西坡腹地,青砖墙,琉璃瓦,雕梁画栋,拱斗飞檐,气势恢宏。大雄宝殿内供奉着释迦牟尼佛、消灾延寿药师佛、西方阿弥陀佛、大愿地藏菩萨、大慈大悲观音菩萨等。佛像高大魁梧,或坐或立,威严肃穆。佛堂内藏有经书 70 余种,是住持和尚、居士诵经课修之处。平日里,这儿晨钟暮鼓,钹磬常鸣,香火旺盛,诵佛念经之声不断,善男信女蚁聚于此。在这九龙山上,还有石峰烟霞、玉皇日出、恩公晴岚、琼岛春晓、桃源幽境、芭蕉晚钟、桐桥飞虹等景点,每一景点都有一段优美动人的人文传说。据说唐昭宗时期的十三太子、药王孙思邈、明朝皇帝朱元璋都来过这里,后人为纪念他们,先后建起了太子庙、药王庙、石牛岛。这些世代口碑相传的传说和遗存的名胜古迹,给风光旖旎的白鹭湖增添了不少神秘的色彩。难怪清代大书法家黄自元老先生对此地情有独钟,并选定这里作为他百年后的安身之所。黄老先生本为安化人,于清同治七年(1868)殿试中一甲第二名,赐进士及第,钦点榜眼,历任监察御史、翰林院编修、宁夏知府等职。因夫人郑氏出自长沙尊阳都世家大族书香门第,以文联姻,遂定居高桥甘草坑。光绪十四年(1888)丁忧返家,在家以书法文采志节历 20 余年。此地不少寺庙楹联均出自他之手。先生深谙地舆风水之味,选中白鹭湖造公冲为自己的长眠之地。民国五年(1917)寿终,家人尊其嘱出殡时三棺齐发,分葬于长沙、浏阳、湘阴三处。直到此地修建水库才发掘出来,棺盖揭开仍栩栩如生,当即另行装殓改葬于水库之侧。

这里的山飞绿叠翠,似一轴锦绣长卷,自远而近伸展开去。山间水草丰茂,树叶扶疏,花香果甜,清新悦目。这儿既是百鸟的天堂,亦是各种野生动物的乐园。翔集于此的数万只白鹭或翩然翻飞,或悠闲地栖息树梢,它们像一个个白色的精灵,使这青山绿水生机盎然、意趣无穷,白鹭湖也由此而著名。

近年来,随着旅游热的升温,水利部门先后在白鹭湖的太阳岛修建了歌舞厅、情侣屋,在月亮岛开辟了烧烤和篝火场地,还依山傍水建起了白鹭湖宾馆,越来越多的中外游客来此避暑度假。"智者乐水,仁者乐山",这里凉爽宜人的气候、自然天成的山水之美为游客们提供了一片绝好的精神栖园。曾有湖南省楹联学会的一位名家到此,有感而发,欣然为白鹭湖题联:"度假于斯远超南海,观光到此不羡西湖。"

探秘浪沙坪

　　雨季刚过,雨水将新垦的简易公路冲刷成一道道壕沟。炎炎烈日下,我们分骑四辆摩托行进在这高低不平的坡路上,摩托冒着绿烟,发出夸张的嚎叫,舞之蹈之一步步扭向山巅。山顶绿树婆娑,白云悠悠,向我们展现无穷的诱惑。

　　这是一条从溆浦中都乡高坪村通向新化奉家镇的县级公路,是高坪村唯一没有硬化的土路,为此,年近八旬的老支书覃国文耿耿于怀,退休不退志,仍奔走在呼吁请示的路上。半路上,五辉停了摩托在路边,问她为何,告知摩托发生故障,油门开到底也走不动。我顿时后悔,早上在罗老师家弄早餐面时不该把藠头和大蒜子放在一起。早上下面条时,没找到大蒜子,看到地上有藠头,随手掰了几粒切碎。见罗老师来到厨房,我说要是有大蒜子面条味道才正宗。罗老师马上找来几颗大蒜子切碎拌进藠头里。乡里人一旦碰到鬼摸脑壳的烦心事,就说是"藠头脑壳拌大蒜"。我笑说你真搞"藠头脑壳拌大蒜"?罗老师坏笑不语。

　　走在前面的罗老师夫妇放下摩托,返回来察看了一下五辉的摩托,说是排气孔堵塞需要清理。他找出螺丝刀试图打开护板,无奈不是专业的修理工,弄了好久也未能打开,只好作罢。走在后面的朱医生豪爽地说,坐我的摩托。五辉将摩托车推到路边,坐上了朱医生的摩托车。朱医生和五辉是先天在幽幽谷跳水时认识的,听说我们要去淑新交界的大山里探秘,朱医生邀请她同去,五辉便欣然前往。

到了山顶,东边一片密不透风的杉林遮住了我们的视线。杉树都有两人合抱大小,万杆林立,密密匝匝,参差披拂。树梢筛下阳光,斑驳陆离,犹如豹纹。林中人迹罕至,鸟鸣蝉唱,更显幽静;林地上到处有腐烂的木头以及野猪嘴巴犁开的新土。我们耸动鼻翼,贪婪地呼吸着植物散发出的芬芳,吹拂着荡漾于林间的清风。罗老师和贺老师夫妇是中草药爱好者,能识别很多草药。他们每看到一株绿色的草药就会告诉我们,这是"黄贞",这是"天兰星",这是"天青地白"……

沿林中小路前行,前面林中出现一个约50亩水面的山塘。塘水幽蓝,波光潋滟,树影倒映其中;塘边有赭色长脚水鸟一步一望巡视,见有人来,忽地惊起,张开白色翅膀优哉游哉翔至树梢,继续观察动静——原来是长嘴白鹭。朱医生说,这里就是浪沙坪,又叫烂草坪,或晾纱坪。为何有这么多名字?我正想问个究竟,却见大家聚在塘边几颗巨大的伞形树下大呼小叫。那几棵大树撑开枝叶,童童如车盖,原来是几株红豆杉。根据树的大小和遒劲的风韵猜其年轮,至少也有两百年。这种树很珍贵,系保护树种,私自砍伐是要"吃牢饭"的,我们心中不由升起敬重感,纷纷站于树下拍照存念。在这树林掩映山塘的秘境中,塘水幽深,古木静谧,我们似乎来到了神仙住居的地方。据说塘中的鱼从未打捞过,大的已大得吓人,有时偶尔露头,会让人惊魂。我们不敢久留,怕水中冒出怪物,复又钻进密林,准备去见识一下建于山顶的瞭望台。此时遇见一个寻牛的老乡,他是中都乡长坪村人,是高坪村老支书覃国文的内弟。他说自己喂了8头牛,全部散养在大山里,云深不知处。因担心牛会来到新化县的森林里，抓到了会罚款，所以四处寻找。我们也隐隐为他担忧，和他说要是看见牛一定告诉他，让他免去烦恼。

上坡途中，忽记起要给奉家镇的民间文艺家邹炳文打个电话，告诉他我们来到了浪沙坪。老邹在电话中告诉我们，他和娄底市的楹联家、书法家萧正凡、谢栎就在离我们不过几里路远的分水界，指示我们去"天外飞船"看看，顺便看一下"鲨鱼想吃天鹅肉"，然后去和他们汇合，共进晚餐。

我们爬到山顶来到那座用石头垒成的两层"瞭望台"上。据说这地方过去有形似娘抱儿的两只石猴子，为了修建瞭望台砸掉了石猴，为此山下的溪沟里流了三日三夜的红水，可见世间万物皆有灵性，不可轻易损毁。瞭望台是用来观测森林火情的，修建于20世纪80年代初。台内二楼设有一床，床上有被子，办公桌上的烟灰缸里，残留着半缸烟屁股，说明不定期有人来这里。从房间透出的霉味看，已经很久没人来了。朱医生望着五辉说，要是带个情人来这里玩岂不有味?喊破天都没人晓得。站于瞭望台上，但见溆浦、新化两县峰峦叠嶂，山川茫茫，绿浪滔滔;梯田盘桓处，有白檐青瓦的村落隐逸其中。天空白云飘飘，山间气象万千，我仿佛站于历史的长河中，感受宇宙的博大永恒和万千生物的渺小与翠微。听说附近有一艘"天外飞船"，我们自然不会放过，前去一睹为快。返回到两县交界的山垭上，忽听见牛铃声。定睛一看，见有一头犄角高翘的黄牯雄赳赳走下山来，到了公路上定住，然后用高翘的犄角不断地顶撞路旁的土坎，嘴里发出吓人的呼呼声。我又想到了早上的"莴头脑壳拌大蒜"，吩咐大家赶紧躲开，以免误伤人。朱医生站在高处山上，掏出手机打电话联系高坪村的瑶医覃满洲，告诉他这山上有头牛，不知是不是他舅舅家的。覃医生要我们把牛赶下山去，不要让它去新化山里。罗老师捡了根棍子，慢慢靠近黄牛，嘴里叨咕着说:"你看它肚子胀鼓鼓的，肯定是吃饱了撑的，有劲没处使，所以就顶土磨角,发泄精气。"然后用商量的口气说:"现在你吃饱了,磨角也磨够了,该回家了吧?"那黄牯瞪着眼珠定定地看着罗老师,似乎遇见了知音,它被罗老师的理解感动得几乎流下眼泪,想想天生贱命,便带着几分伤感独自沿公路朝山下抖抖擞擞而去,头也不回。

沿着林中小路朝高坪方向行走,不时看到路边树林里横卧着各种像极水中动物的石头,有的如海龟,有的像蚌壳,有的似虾兵蟹将。继续前行,见山头上有一巨石斜伸向天,我们穿越荆棘刺蓬来到近处一看,原来这就是老邹说的"鲨鱼想吃天鹅肉"。观其形状,十分神似,那圆圆的小眼睛,尖尖的两片嘴唇以及张开的巨盆大口,还真像一头大鲨鱼。"看,那里有艘船!"顺着五辉手指的方向,我们看到左前方 100 米左右真有一艘巨大的石船,便一齐下山,朝石船走去。

石船位于稍低的一座山头上,大约 20 米长,3 米宽,两头微翘,与真船大小、形状无二。更巧的是,在石船左舷有个圆洞,仿佛就是用来插篙竹的。石船下的中心位置被一石块顶住,就有了跷跷板的原理,听说从前在船的两头站上人,可像跷跷板一样像两头舂碓一样,左右上下摇晃。后来有人虑及石船摇晃存在安全隐患,怕伤及人,故将顶船的石头凿烂,使石船一头坐实了地面才不再摇晃。坐在石船上休息,我问为何这地方叫浪沙坪?这石船是怎么来的?朱医生说,听高坪的人说过,很久以前,有个采药的老人来到这里,像我们一样透过树林看到了这秘境中的山塘以及塘边的一艘渔船,在塘坎边还有个茅屋。屋前的竹竿上晾晒着五彩的纱线,屋下坐着几个挑花的漂亮姑娘。采药人甚异之,这深山老林里竟藏着这等美妙境界,便以讨水喝为由前去探问。姑娘们见有人来,热情赠以茶水,可对探问之事却秘而不说。采药人更觉奇怪,向外人说起此事。这事被活动于中都五里江峡口一带的强盗得知,他们偷偷来到此地,以武力抢掳几位漂亮姑娘。没想到姑娘们纷纷腾空升天而去。后来山塘干涸，鱼虾干死，大的鲨鱼、蚌壳、乌龟等爬进山里，隐逸树林之中，塘边只留下一栋茅屋和晾晒在竹竿上的五彩纱线，后来这地方就叫浪沙坪。因当地人口音中习惯把"晾"说成"浪"，如"晾衣服"说成"浪衣服"，故"浪沙坪"实为"晾纱坪"之误。后此地塘干水尽，生长一片烂草，又叫"烂草坪"。直到20世纪80年代，这里设了林场，出于森林防火的需要，重新将此地蓄水，恢复成了过去的山塘。

听了传说，我无语。心想是人类的贪婪惊扰了仙境，要不这里肯定是自由、悠闲而美妙的神秘之地，有美丽的仙女在此挑花绣朵，捕鱼捞虾，嬉戏玩耍。

朱医生攀着五辉的香肩，叫我给他们照相。五辉挣脱走开，说照相没关系，你回家打死鸡也好打死鸭也好我可不管！我说那确实，要是今天给你们照了相，说不定明天朱医生的脸上就会出现母老虎抓过的印记。朱医生无言，只是"呵呵呵"直笑。

从岩船下来，我们没去分水界，去那里就得住宿一晚，住一晚就会诞生很多故事。我们走了一天山路，早已灰头土脸，臭汗哄哄，想赶紧回家洗漱更衣，所以还是无事早归的好。幸好，五辉停在路边的摩托还在，我们平安返回，没再出现"菖头脑壳拌大蒜"的事情。

雪峰山奇石

　　魏巍八百里雪峰山不仅气候宜人，风景优美，而且资源丰沛，物产富饶，就连山中的石头都充满着神奇的魅力。资水河畔，一条2870余米长的岩石窟窿成了国家级4A景区——梅山龙宫；溆浦穿岩山的自然崖壁石像道貌岸然，庄严肃穆，据传是触发诗人屈原灵感，为创作传世名篇《山鬼》的原型；两丫坪的岩鹰屙蛋，一只硕大的岩石雄鹰蛰伏于数十丈高的悬崖之巅以静制动，蓄势待发；泊在王排大山的龙船岩，正静候五月端阳的到来，准备参加一场轰轰烈烈的龙舟赛；中都河边的人儿岩，像极一位踯躅江畔、上下求索的哲人；长丰村的石门洞，让人联想起陶渊明笔下那曲径通幽的美丽桃源；水东黑岩村的明月洞，上观似月，下看如河，俨然天堑……世人无不为这些上天赐予、巧夺天工的奇石叹为观止。

　　雪峰山的石头，长在山上的是风景，滚落山下的是精灵。滚下山的石头带着雪峰山的灵气，在千百年滔滔洪水的裹挟下不断磨炼，渡劫在风景旖旎的几十里淑水河滩。经挖沙船的深耕，细小的河沙被运走当成不可或缺的建筑材料，那些硬度很大、毫不起眼的石头却被抛置一边。这些黑不溜秋的石头，大多夹杂更硬的石英石，历经洪流秀水长年累月的冲刷濯洗，变得光滑可鉴，上面的石英石花纹由白色转为金黄色。金黄的花纹有的似日月星辰，霞辉映天，光彩夺目；有的如山川河流，飞短流长，钟灵毓秀；有的像花草动物，形神具备，生动活泼。艳丽的图案巧妙至极，不一而足。本地人对这些石头熟视无睹，认为它们不过就是十分寻常而又普通的石头，常用来砌茅厕、砌墈或者压菜缸。忽然有一天，那些黑底金纹的石头亮瞎了周边县市奇石爱好者的眼睛，他们蜂拥而至，将河畔的石头一筐筐抬上车，一车车运回家。这些如获至宝的采石者，东边的来自娄底、新化、涟源，南边的来自武冈、洞口、永州，西边的来自吉首、怀化、新晃、洪江、麻阳、沅陵，甚至还有广西的，北边的来自安化、泸溪等，有的人连日奔波，乐此不疲，一干就是十天半个月。溆浦本地人倒是比较淡定，除了少数玩石人捷足先登择其精华外，一般人对那些趋之若鹜的狂热捡石人不可理喻，嘲笑这些外地人"连个狗卵都要"。水东镇街上修车的四十来岁的张老五，有点见识。他在生意闲淡时开了小四轮去附近河滩，搬回的石头和树根堆得屋里屋外到处都是，进出都得侧身而过。婆娘抱怨他尽做空事，以后就吃石头屙土块。后来不断有人来花高价买他的石头，看得他婆娘一喜一愣，没想到这毫不起眼的石头竟能变成"哗哗"响的钞票，随之态度陡转。

　　前不久，堂叔王银洲在外做油漆活归来，途径水东河岸，见两石各百十来斤，长相奇特，颜色瑰丽，便搬上摩托载回。复又从水东亲家门口岩坎上拆得一石带回。我和堂兄王老六前往观之，只见几块极其普通的石头，沾水后立马焕发新颜，白底金纹，似鸟类鱼，形态逼真，惟妙惟肖，看得对奇石古玩颇感兴趣的王老六技痒难耐，约我同往河边捡石。因年初新冠病毒瘟疫影响，在家自我隔离几月，适逢疫情趋缓，正想去野外换换空气，调节下郁闷的心情。我们骑车去水东捡石时顺便参观了张老五的奇石，屋里屋外走了一圈，看得我们眼花缭乱。正给人补胎的张老五客气地对我说，喜欢的随便拿走。我在屋外墙头上看中一块寿星图案的金纹石小把件,爱不释手,意欲带走。可转念一想,朋友之间给钱俗气,白拿欠情。君子不夺人所爱,遂忍痛放下。临走时,张老五复叮咛,有喜欢的尽管拿。我回了句带点志气的话:我们自己去捡。

我和王老六走过水东场坪,从新修的防洪堤下去就到了河滩上,只见潺湲流淌的溆水河边,河床上到处是裸露的石头疙瘩。一堆堆,一片片,俨然一个石头的王国。在靠近堤岸处,沿线有挖机挖过的痕迹。举目一望,只见从水东镇到桐木溪打路岩的十里河岸,新修了一道20余米高的防洪堤。堤岸斜坡垒砌的石头,便是就地取材的河滩卵石,其中大部分均为光溜溜的金纹宝石。心想这恐怕是世上最贵重的防洪堤,溆浦人民好奢侈!

石逢有缘人,我们沿河岸寻找,期待人与石的缘分在此相遇,碰撞出人与自然灵魂的光芒。每找到一块品相可人的石头,就像找到了心仪的红颜知己,令人怦然心动,浮想联翩。初夏的阳光温暖祥和,远处的马路上车流滚滚;江心岛上,水鸟尖厉的长鸣在河流的咆哮声中犹显旷远高古。

我们每天用摩托车搬运两趟或三趟,每次只能载两到三百斤重的石头。邻居问搬这么多石头回来干什么?我们只是笑说好玩,或者打趣说搬回来吃。

石头搬回家还只完成三分之一的工序,接着是定制底座、打磨和抛光打蜡。在自行制作底座时,没想到一不小心角磨机弹到胯下,报销了我的一条新裤子,还挖走了腿上的一坨肉。我跛着脚走到村医务室上药时,赤脚医生笑说,你这还算好的,人家格瓦匠用角磨机锯竹子,角磨机弹到胯下,把睾丸都锯破了。我暗自庆幸没变成太监,决定以后再不用角磨机锯东西了,余下所需底座全部从网上购买。

奇石经过抛光打蜡后,分别给他们制作了名片,载明名称、材质、产地、尺寸等。至此,完整的奇石作品才算完工。给奇石安上底座让其立起来是赋予其生命,使其变得灵动;抛光打蜡是给奇石穿上华丽的衣裳;给奇石取名则让人产生联想,使奇石有了神韵。做成后的一方方奇石如昭君出浴,新鲜靓丽,魅力无穷,引人啧啧称奇。父老乡亲纷纷来家欣赏,我借机给他们普及有关奇石的知识,称一方奇石,独一无二,世界绝无仅有,这就是奇石的唯一性;奇石具有形态奇巧、花纹美丽、颜色漂亮的特点,故具有观赏性;奇石属于人与自然相融合的艺术,是一种无价之宝,故有一定的收藏价值。大家听我这么一说,似懂非懂不断点头:"那是,那确实是!"年届八旬的老父亲,不时背着手来看奇石,有时盯着一块石头看半天,似乎石头就是一部天书,从中可以读到百态人生和万象世界。父亲从忘我的境界里走出说,他年轻时在部队里当兵,有一个班的士兵每天出外捡石头,然后建了个奇石馆。奇石馆有专人看守,不让一般士兵进去观看,很神秘的。父亲笑说,原来这石头有灵气,越看越像,越看越活,越看心里越开朗敞亮。

是啊,奇石聚山川之精华,集天地之灵气,是天然的艺术品,是大自然的奇观,更是大自然赋予人类的宝贵财富。它独立成景,自然成画,一景一首诗,一石一天地。古人云:"山无石不奇,水无石不清,园无石不秀,室无石不雅。"赏石清心,赏石怡人,赏石益智,赏石冶情,赏石长寿。赏石是一种高雅的精神享受,也是一种艺术上的追求和陶冶,故而奇石被历代赏石家、收藏家所宠爱,被文人墨客所崇拜。中国是东方赏石文化的发祥地,中国历史上有文字记载的,可追溯到3000多年前的春秋时期。据《太平御览·阙子》载:"宋之愚人,得燕石于梧台之东,归而藏之,以为大宝,周客闻而观焉。"历朝历代,皆有奇石精品面世。一颗翡翠白菜为慈禧太后珍爱之物;一方东坡肉石一直为台北故宫博物院的重要藏品。捡石、赏玩奇石可起到修身养性的功效。

天人合一，人石相通。闲暇时，审视一方方大浪淘沙、千挑万选而来的奇石，暗想这些形状和花纹不同、质地与性格各异但气质高雅、卓尔不凡的小精灵，不就是那些胸怀雄才大略、超凡脱俗、志向高远的雪峰山人吗？魏巍雪峰山，人杰地灵，英才辈出，不胜枚举。如果说雪峰山是湖南人的父亲山，那么溆水则是溆浦人民的母亲河。溆水泱泱，起于郿梁，广纳百川，奔流涌浪，注入沅水，汇入长江。从一都到六都，弯弯绕绕，缠缠绵绵，把一腔乡愁牵挂在游子的心上。质朴厚道而又聪慧灵秀的溆浦儿女，不论走到哪，都不忘自己的根在沉实厚重而大气磅礴的雪峰山上，在秀丽隽永而柔肠百结的溆水河边。屈原曾先后两次被逐放到溆浦，山清水秀的溆水沿岸留下了他忧愤的身影和蹀躞的足迹，他的《橘颂》《涉江》《天问》《九歌》等著名诗篇都是在此有感而发创作的。清代著名地理学家、经世致用先驱严如煜，血染疆场、壮烈殉国的抗英名将、浙江处州镇总兵郑国鸿，中国共产党唯一的女创始人、我国妇女解放运动领导人之一向警予，曾任红军团长、刘伯承部参谋、中华苏维埃临时中央政府秘书翟根甲，我国著名教育家、《辞海》主编舒新成，近代历史学家向达，将军向仲华等溆浦籍名人，不就是雪峰山的奇石吗？晋代郭璞在《山海经图赞·迷毂》中云："爰有奇树，产自招摇，厥华流光，上映云霄，佩之不惑，潜有灵标。"以神奇的迷毂之美喻奇石、喻雪峰山儿女可谓恰当不过。

家乡有座望娘山

　　"慈母手中线，游子身上衣。临行密密缝，意恐迟迟归。"儿时起，这首唐代诗人孟郊的诗就深深地烙在脑海里。也许，卷帙浩繁的唐诗宋词我们记不了很多，但这首朗朗上口的送别诗却如影随形挥之不去。因为诗里驻着一位白发苍苍、饱经风霜而且行动迟缓的老人，这位老人叫母亲！

　　母亲经历过痛彻心扉的分娩，有着舐犊情深的温暖与跪乳之恩的慈祥，母亲是大爱的象征，是包容的潜台词。

　　在天高云低的偏远山乡，在溪流淙淙的家门口，在老树昏鸦的水口山前，身背行囊的我们，回望绿树如烟的故园，总有一个孱弱的身影与我们进行灵魂的碰撞，总有一双昏花的老眼在天与地的坐标里搜寻她熟悉的亮点。孔雀东南飞，五里一徘徊，无论是京津冀还是粤港澳，或者是欧美俄，我们像一只风筝，飞得再高再远，最后都想回到生命的原点，因为家乡有座望娘山！

　　自古至今，上到王侯将相，下至黎民百姓，恋母情结人皆有之。西汉景帝之子长沙定王刘发，每年挑选南方上好的大米，命专人专骑送往长安孝敬母亲，再运回长安的泥土在长沙筑台。年复一年，运回的泥土筑成一座高台。每当夕阳西下，刘发登台北望，遥寄对母亲的思念,演绎了"定王台"成"望母台"的千古传奇。

　　在明末清初时,溆浦县中都乡沙溪村出了个有名的将军叫贺天爵。贺将军牛高马大,因其护驾有功,被皇上敕封为贴身侍卫,乡里人称"守门将军",其后裔至今收藏有他出仕前在家练功的手岩。手岩重达 200 斤,贺将军能轻松举起"打四门"。相传他外出多年,因思念家乡老母,特告假回乡省亲。他身着华服,骑一高头大马,气宇不凡,引起宵小之徒注意。住一旅店时,深夜发现店主鬼鬼祟祟,并将其反锁屋中,方知入了黑店,恐是有命难逃。贺将军双手合十对天许愿:如是老天有眼他能平安回家见到母亲,自愿建庙烧香还愿。说也奇怪,就在此时,窗外大风骤起,将屋外竹梢吹到窗口。将军毕竟是武艺人,手攀竹梢荡出屋去,舍了良驹,连夜往老家赶去。就在这一晚,为了思念儿子而夙夜难眠的母亲也在神像前许愿,若在有生之年还能见到儿子,她愿建庙烧香还愿。几天后母子相聚,都说起许愿建庙一事,真是母子连心,心有灵犀,实属巧合。为了修庙,天神三试其心。头两次挖好屋场摆好祭品准备建庙时,都被乌鸦将祭神的"刀头"叼走放到另一座山头上,娘俩只好顺其意更改建庙地点,直到第三个地址方才建好寺庙。因庙前有棵桃树冬天开花结果,他们把修建的寺庙取名"冬桃寺",此寺作为体现母子情深的见证至今尚在。

　　在湘东攸县城郊有一井名"会母井"。据传,元末至正年间,一位名叫向汝麟的 12 岁儿童被兵丁掳去桂阳,住在一个姓周的大户家里。几年后,皇帝下诏,流民可自愿归家。周财主膝下无子,仅得一女,见向汝麟长相奇丽,强意招他入赘。汝麟因惦念家乡老母,不允婚事,并暗中逃离周府,假扮算命者,寻至攸县一户人家,见一老姬,形容枯槁,双目俱盲。问起缘由,称为儿子哭瞎。汝麟说自己幼时外出,今归寻母,并说出父母名字。老姬闻说,竟能呼其乳名。没想到母子二人竟能重逢,于是相拥而泣。时逢六月,汝麟带母亲来到井旁，用井水给母亲洗脸，没想到母亲双眼复明，竟能重见天日，实乃奇迹，后人便称此井为"会母井"。

以上故事告诉我们，泱泱华夏五千年文明，尊老爱幼孝敬父母乃人之常情，对母亲的那种打断骨头连着筋的深厚感情更是无可非议。出门在外，行走江湖，要是有人侮辱或亵渎母亲，即使以命相搏也要维护这至高无上的尊严。去年4月发生于山东聊城冠县的辱母杀人案，在媒体和舆论的呼吁下最后峰回路转，为了维护母亲尊严的于欢得以轻判，而当众羞辱别人母亲的涉黑人员一干人等罪有应得，结果大快人心。由此可见，在证明国家司法公正的同时，也说明了法律、道德乃至公众舆论都在对中华传统美德的底线予以捍卫，因为，人人都有母亲，人人都有母爱！

好好孝敬母亲，好好做好母亲。《诗经》有云："父兮生我，母兮鞠我，拊我蓄我，长我育我，顾我复我，出入腹我。欲报之德，昊天罔极。"是啊，父母的恩情比天高，比海深，大而无穷，阔之没边，怎么报答得完呢，所以就有了思念，有了家乡的望娘山。言已至此，意犹未尽，特撰诗为结："家乡有座望娘山，思母只为母平安。今日得缘承恩宠，他日效力为典范。"